D0030869

PENSÉES ET ANECDOTES

Michel Colucci est né le 28 octobre 1944. Après une enfance passée en banlieue parisienne, il exerce plusieurs métiers : fleuriste, télégraphiste, garçon de café, chanteur, animateur de cabarets (La Méthode, Le Port du Salut).

En 1968, il crée Le Café de la Gare avec Romain Bouteille, Miou-Miou, Patrick Dewaere... et adopte le pseudonyme de Coluche. En 1971, Le Vrai Chic Parisien voit le jour et plusieurs spectacles y seront représentés : *Thérèse est triste* (1971), *Ginette Lacaze* (1972), *Introduction à l'esthétique* (1973). A partir de 1974, Coluche enchaîne les one-man show : *Mes adieux au music-hall* au Café de la Gare (1974), puis à Bobino (1975) et au Théâtre du Gymnase (1978-1980). Le public découvre alors le personnage haut en couleur dont l'humour dévastateur n'épargne personne : les politiciens, les journalistes, les militaires, les anciens combattants, les publicitaires, les racistes...

Coluche officie également à la télévision et à la radio : sa truculence, tour à tour, séduit et choque. Il présente *Midi Magazine* pendant cinq jours avec Danièle Gilbert (1971) et alterne les passages sur Europe 1 (*On n'est pas là pour se faire engueuler* en 1978-1979; *Y'en aura pour tout le monde* en 1985-1986), RMC (1980) et Canal + (*Coluche 1-Faux* en 1985-1986).

Il poussera la provocation jusqu'à se présenter à l'élection présidentielle de 1981 (où il obtient d'ailleurs 16 % d'intentions de vote), de même qu'il se « marie » avec Thierry Le Luron en 1985 « pour le meilleur et pour le rire ».

En 1984, Coluche obtient le César du meilleur acteur pour le film de Claude Berri, *Tchao Pantin*, et dévoile une nouvelle facette de sa personnalité. Révolté par le malheur et profondément humain, il le prouve en créant Les Restaurants du Cœur en 1985, action qui perdure aujourd'hui.

Ce passionné de moto, qui détenait le record du monde de vitesse du kilomètre lancé, est une figure emblématique de toute une génération. Considéré comme l'un des plus étincelants humoristes français, Coluche est décédé le 19 juin 1986.

Paru dans Le Livre de Poche :

L'Horreur est humaine.

COLUCHE

Pensées

et

anecdotes

DESSINS DE REISER

« COLUCHE CANDIDAT
À LA PRÉSIDENCE DE LA RÉPUBLIQUE »
DESSINS DE CABU, GÉBÉ, GOTLIB, WOLINSKI

*Édition établie par Arnaud Hofmarcher
directeur de la collection « Les Pensées »*

LE CHERCHE MIDI ÉDITEUR

Les dessins de Reiser
reproduits dans cet ouvrage ont paru
pour la plupart dans *Charlie Hebdo*,
ou ont illustré les programmes
des spectacles de Coluche.

*Il faut se méfier des comiques,
parce que quelquefois
ils disent des choses
pour plaisanter.*

COLUCHE

Moi, j'aime
le music-hall

Par COLUCHE

C'est l'histoire d'un mec... un mec pas... non !... un mec normal.

Je suis né à Paris, dans le quatorzième, j'ai été élevé à Montrouge, j'ai vingt-six ans (je vais pas tarder à les avoir), je mesure 1,72 mètre et pèse 86 petits kilos.

Après de brillantes études primaires (oh ! combien !) qui me conduisirent à chuter au certificat d'études (CEP), je décidai de ne pas commettre l'erreur de retourner à l'école afin de ne plus connaître l'horreur de l'échec. J'entrai aux PTT comme télégraphiste. On me conseilla rapidement de démissionner. Alors j'entrepris plusieurs apprentissages dans différentes professions (quatorze en tout !) : photographe, garçon de café, fleuriste, marchand de légumes... et puis j'entrai à l'usine comme manutentionnaire. Je ne suis pas mécontent d'en être sorti.

À force de traîner le soir du côté de la Contrescarpe, j'ai fini par apprendre à jouer de la guitare, à chanter,

9

et un jour j'ai sauté le mur qui me séparait de la vie d'artiste à laquelle je rêvais.

J'ai commencé par chanter dans un restau, « Le Vieux Bistrot », dans l'île de la Cité, puis dans un autre.

Un jour j'entre dans un cabaret pour chanter ; on m'engage pour faire la vaisselle. Je reste là plusieurs mois et j'y fais mes débuts de chanteur.

Il y avait là deux jeunes qui venaient chanter le soir : Jo Moustaki et Maxime Le Forestier. C'est là aussi qu'on m'a donné ce surnom : Coluche.

Après ce cabaret j'en fais d'autres comme chanteur, puis dans l'un d'eux je rencontre Romain Bouteille qui m'emmène avec lui dans son « Café de la Gare ». Il m'apprend à jouer ainsi qu'à d'autres (Miou-Miou, Patrick Dewaere).

Plus tard, je quitte le « Café de la Gare » et avec des copains nous fondons « Le Vrai Chic parisien » et, ensemble nous montons successivement *Thérèse est triste* au TTX 75 (Olympia), *Ginette Lacaze 1960* que Dick Rivers choisit comme première partie de son Rock'n'Roll Show à l'Olympia. (Je peux dire qu'à cette époque personne n'y croyait et qu'il nous a imposés de force.)

Ensuite, une troisième pièce : *Introduction à l'esthétique fondamentale*. Mais une troupe, ça n'est pas facile à faire vivre, les rapports y sont délicats et moi je ne le suis guère. On se sépare, et je fais cavalier seul... par force.

Ce qui me fait le plus rire ce sont les comiques qui s'ignorent : la télé. La télé, c'est bourré de gags, mais

10

tellement qu'on ne peut pas les reproduire. Les gens croiraient qu'on invente.

Par exemple, après un petit film pour promouvoir une campagne au profit des aveugles, une speakerine déclare : « Nous tâcherons de ne pas rester sourds à cet appel. » Ça, je l'ai vu et entendu.

Mais j'aime bien aussi les comiques qui ne s'ignorent pas. Au cinéma ma préférence va à Jacques Tati. *Play Time* est mon meilleur souvenir. Au music-hall j'aime surtout Raymond Devos. J'aimais beaucoup Fernand Raynaud.

Voilà en gros... mon premier disque vient de sortir... j'inaugure le « Caf'Conc' de Paris », un nouvel endroit des Champs-Élysées où je pense bien m'amuser. Je prépare un show-télé (fin octobre, 1re chaîne, réalisé par A. Flédérick).

Parlons de mes égouts et de mes couleuvres :
– J'aime flâner sur les Grands Boulevards ;
– J'aime Paris au mois de mai ;
– J'aime bien mes dindons ;
– J'aime mieux mes moutons ;
– J'aime le jambon et la saucisse ;
– Je hais les dimanches.
Moi, j'aime le music-hall !

(Paru le 4 septembre 1974 dans *L'Aurore*.)

1

LA POLITIQUE

Je ferai aimablement remarquer aux hommes politiques qui me prennent pour un rigolo que ce n'est pas moi qui ai commencé.

*

À quoi ça sert, le pouvoir, si c'est pour ne pas en abuser ?

*

Vingt-cinq pour cent des Français pensent que le Soleil tourne autour de la Terre : c'est la Terre qui tourne autour du Soleil. Il y a quand même 25 % des gens qui pensent le contraire ! 25 % des Français qui pensent que le Soleil tourne autour de la Terre et 45 % qui pensent que Chirac ferait un bon président... Voilà... C'est l'ignorance qui est un désastre. C'est pas le soleil.

*

Si jamais nos hommes politiques se mettaient à tenir les promesses qu'ils font, il leur faudrait le budget des États-Unis.

*

Si la gauche en avait, on l'appellerait la droite !

*

Les hommes politiques, il y en a certains, pour briller en public, ils mangeraient du cirage.

*

À cette époque où tout augmente, nous sommes heureux d'apprendre que les kilomètres, les mètres et les centimètres n'ont pas varié depuis le dernier septennat. Bravo !

*

J'ai décidé de militer. Chaque fois que je prends le taxi, je ne donne pas de pourboire et je dis au chauffeur : « Vous vous rappellerez : je suis du RPR... »

*

Je crois que la grande différence qu'il y a entre les oiseaux et les hommes politiques, c'est que de temps en temps, les oiseaux s'arrêtent de voler.

*

C'est pas parce qu'ils sont nombreux à avoir tort qu'ils ont raison !

*

Le communisme, c'est une des seules maladies graves qu'on n'a pas expérimentées d'abord sur les animaux.

*

À la télé polonaise, les informations : « Météo : 30 degrés ou de force. »

*

Citez-moi un ministre de l'Intérieur qui n'a pas une gueule de voleur, d'assassin ou de méchant dans un film policier ?

*

Affaire Bokassa, Coluche est d'accord pour dire qu'il n'y a jamais eu de diamants... si on partage.

*

Marchais contre l'immigration. Sauf quand c'est les Russes qui émigrent en Afghanistan.

*

À part gangster ou homme politique, des choses qui se font sans qualification, y a quasiment qu'artiste.

*

Premier sondage honnête : 60 % sont contre Barre, 74 % contre Giscard, 77 % sont contre Mitterrand, 84 % contre Marchais, 88 % sont contre Chirac... 383 % des Français sont contre la politique.

*

Les hommes politiques, c'est comme les trous dans le gruyère. C'est indissociable : plus il y a de gruyère, plus il y a de trous, et malheureusement, plus il y a de trous, moins il y a de gruyère.

*

Les dessous de table sont si pleins qu'ils ne savent plus où les mettre.

*

Jean-Marie Le Pen n'a pas de sang arabe. Ou alors, sur son pare-chocs, peut-être.

*

L'extrême droite a 10 % en France, comme les imprésarios. Sauf que les imprésarios crachent pas sur le noir en général !

*

La CGT : le Cancer Généralisé du Travail ; à ne pas confondre avec FO ; Farce Ouvrière. Krasucki n'est pas d'accord avec cette définition ; il a raison, le cancer évolue – la CGT, non.

*

Un pays neutre, c'est un pays qui ne vend pas d'armes à un pays en guerre. Sauf s'il paie comptant. C'est écrit dans la constipation de 1958.

*

Vous savez ce que c'est qu'une fillette vierge en Turquie ? C'est une petite fille qui court plus vite que son père.

*

La droite a gagné les élections. La gauche a gagné les élections. Quand est-ce que ce sera la France qui gagnera les élections ?

*

En Pologne, un citoyen a traité Jaruzelski de « tortionnaire ». Il a été condamné à quinze ans de prison pour divulgation d'un secret d'État.

*

Lecanuet, il a l'air de rien, hein ? Ben, il *est* rien.

*

Les Cambodgiens, il paraît qu'il n'y en a plus. Il paraît qu'il y a moins de Cambodgiens vivants que d'éléphants en Afrique ! Et pourtant des éléphants, il n'y en avait pas lourd ! C'était une race en voie de disparition. Le Cambodgien, c'est pire ! Le mec qui en a adopté un couple l'année dernière, il a fait une affaire, on n'en trouve plus ! Simplement, on ne sait pas s'ils vont se reproduire, en captivité !

*

Devise syndicaliste :
Luttons pour le minimum, l'espoir fera le reste.

*

En Algérie, les gens réclament du pain – il n'y a que des Beurs. Ils sont emmerdés pour les tartines.

*

D'aucuns diront que le syndicalisme est à la société moderne ce que le Mercurochrome est à la jambe de bois. À ceux-là je dirai, rappelez-vous l'essentiel : le capitalisme, c'est l'exploitation de l'homme par l'homme. Le syndicalisme, c'est le contraire !

*

Des fois on entend des gens dire : Raymond Barre et Jacques Chirac, ils ne sont pas de la même crémerie, ils ne sont pas ensemble... hé ! dis donc, ils ont un numéro de cirque ! Il y en a un qui épluche les oignons et l'autre qui pleure !

*

Françaises, Français, cette année, c'était très bien. Le pays va mieux que l'année prochaine !

*

Giscard ? Il est plus connu des éléphants d'Afrique que des paysans français.

*

Extrême droite : à bon entendeur, salaud !

*

FO, c'est un syndicat qui est très bien, parce que c'est le plus petit. C'est celui qui fait le moins grève... donc, on gagne plus. Enfin, quand on est obligé, on la fait ; sinon ça se verrait... Mais c'est toujours nous qui reprenons le boulot le plus vite, hein !

*

En France, on est tout le temps en train de voter. Et puis quand on vote pas, ils nous sondent. Mais non... avec des journaux. Remarquez, le résultat est le même, hein ! On l'a toujours un peu dans le cul !

*

Vous savez certainement ce que c'est qu'un quatuor en URSS ? C'est un orchestre symphonique qui revient d'une tournée aux USA.

*

Tous les hommes politiques sont des comiques de circonstance. Moi, j'ai sur eux l'avantage d'être un comique professionnel.

*

Il paraît que l'ennemi, c'est l'URSS. Quand je vois nos chars, je me dis : comment faut faire pour être russe ?

*

Les gens disent tout le temps : « Moi j'ai voté pour celui-là, et puis maintenant au lieu de foutre du pognon dans les écoles, il met du pognon dans les prisons ! » Hé ! dis donc, il y a un truc dont on est sûr quand on est ministre, c'est qu'on ne retournera pas à l'école, tandis qu'en prison...

*

Pourquoi des mecs élus par nous pour faire ce qu'on veut, au lendemain des élections, font ce qu'ils veulent ?

*

Les hommes politiques, on devrait les faire souffler dans le ballon pour savoir s'ils ont le droit de conduire la France au désastre.

*

Les gens élisent un président de la République et après, ils disent : c'est quand même un mec formidable, puisqu'il est président de la République.

*

Les hommes politiques sont marrants ! Encore que je ne pense pas qu'un jour ils nous feront autant marrer qu'ils nous emmerdent.

*

Ce qui nous coûte cher en France, c'est la bombe. Non seulement elle coûte un fric fou mais, en plus, elle ne sert à rien. Elle est trop petite pour attaquer les autres. Nous sommes des assassins en impuissance.

*

Chirac est prêt à tout pour y arriver. Beaucoup d'hommes politiques vendraient leur mère, Chirac, lui, en plus, il la livre !

*

À vingt heures, à la télé, quand tous les pauvres sortent du travail, on ne peut pas dire toute la vérité. Sinon, la majorité n'irait pas travailler le lendemain.

*

La droite est nulle, la gauche est nulle, je vote match nul.

*

Camarade balayeur, grâce au syndicat et par le truchement du dialogue, tu seras l'égal du patron ! Dans le dialogue, hein ! Parce que dans le détail, tu seras payé moins, et puis c'est toi qui continueras à balayer la cour !

*

29

Giscard, quand il n'est pas là, il nous manque ! Faut dire que quand il est là, il nous manque aussi.

*

Greenpeace est une organisation antisémite : elle s'attaque aux fourreurs.

*

Homme politique, c'est une profession où il est plus utile d'avoir des relations que des remords.

*

La droite vend des promesses et ne les tient pas, la gauche vend de l'espoir et le brise.

*

Georges Marchais est passionnant. Il est le seul à avoir été prisonnier huit ans alors que la guerre a duré cinq ans.

*

Giscard, Chirac, Mitterrand, Marchais, si ces quatre imbéciles vivent centenaires, on l'a dans le cul toute notre vie.

*

Le président estime qu'il a aux trois quarts réussi ce qu'il voulait faire avec la France. Ce qui signifie que la France d'aujourd'hui, avec son nombre de chômeurs, sa hausse des prix, son abaissement du niveau de vie, ses affaires politico-crapuleuses, ses fonctionnaires marrons et ses policiers-voleurs, n'est que les trois quarts de ce qu'il voulait. Il peut encore mieux faire.

*

La Grèce est entrée dans le Marché commun : attention ça glisse...

*

La gauche est achetée par Moscou, la droite est à jeter par la fenêtre !

*

LA DERNIÈRE DE COLUCHE
732: CHARLES MARTEL ARRÊTE LES ARABES À POITIERS
1981: MARCHAIS REPOUSSE LES ARABES À VITRY

Reiser

À la télé, ils disent tous les jours : « Y a trois millions de personnes qui veulent du travail. » C'est pas vrai : de l'argent leur suffirait.

*

« Protégez les animaux, protégez les animaux. » Bon, en France, on élève des poulets, mais on les mange ! En Afrique, ils élèvent des crocodiles, c'est les crocodiles qui les mangent ! Il faudrait savoir, faut protéger les crocodiles ou les Africains ?

*

Qu'est-ce qu'il est bien, Pinochet ! Ils ont interviewé sa femme, et tu sais ce qu'elle a dit, sa femme ? Elle a dit : « Il est un petit peu dominateur. » Dominateur commun, sans doute, car tout le monde y a droit !

*

Le Pen dépasse les borgnes – à la TV il fait führer.

*

Le président de la République est élu avec 11 millions de voix, alors qu'il y a 55 millions de Français. Moi, quand je fais un tabac dans mon métier, je vends un million de disques, alors qu'il y a 18 millions d'électrophones. On est toujours vedette avec un minimum de public.

*

Il y a plus de PD que de membres du RPR, et pourtant c'est le RPR qui gouverne !

*

Il paraît que la presse a tué un ministre ! Dis donc... par rapport à ce qu'elle en fait vivre... c'est pas très grave, hein ?

*

Je ne savais pas qu'il y avait des jeunesses communistes, je savais qu'il y avait des vieillesses communistes.

*

Jean-Marie Le Pen a dit : « Le racisme, c'est comme les nègres, ça devrait pas exister. »

*

Les gens gueulent après Hitler, mais on l'a surtout connu pendant la guerre, cet homme-là ! Et puis de Gaulle lui doit tout !

*

Les journalistes ne croient pas les mensonges des hommes politiques, mais ils les répètent ! C'est pire !

*

Homme politique, un métier difficile ? C'est pas vrai ! Les études, c'est très simple, c'est cinq ans de droit et tout le reste de travers.

*

Honni soit qui manigance !

*

Il faut surtout pas apprendre le boulot de ministre. Parce que si tu apprends l'agriculture, huit jours plus tard, tu te retrouves ministre des Finances. Faut surtout jamais savoir rien faire. Après, le type, on le met à l'Intérieur pour qu'il prenne pas froid.

*

Les mecs qui font de la politique ne font pas ce qu'ils veulent, ils font ce qu'ils peuvent ! Ils ne tirent pas les ficelles, ils sont tirés par les ficelles.

*

Il y a une comparaison facile à faire. Les hommes politiques en France font du show-business, et donc n'importe qui sachant faire du show-business peut faire de la politique.

*

Je n'aime pas les politiciens. Je porte à gauche, mais je supporte à droite.

*

Avant, Chirac et Giscard, c'était genre cul et chemise. Les gens se demandaient qui était la chemise.
On commence à avoir une idée, maintenant !

*

Berlin, un mur, deux mondes, une seule boisson :
Coca-Cola.

*

La droite a déjà son programme : « Serrez-vous la
ceinture encore cinq ans ! Après vous serez habitués ! »

*

Ce qu'elle va faire, la gauche ? Elle va faire pitié,
comme d'habitude.

*

Enfin une grossièreté gratuite dans ce monde pourri
par l'argent : j'emmerde les hommes politiques !

*

Érections pestilentielles : rose promise... chômdu !

*

Les quatre leaders des grandes formations de la politique française ne sont pas les uns contre les autres, mais unis comme les trois mousquetaires, les cinq doigts de la main : un pour tous, tous pourris !

*

Michel Debré, candidat du troisième âge (encore plus vieux que le PC), a déclaré qu'il se présentait à la place de De Gaulle qui a été empêché. Ah ! bon... Et pourquoi Tino Rossi... ne se présenterait-il pas pour Napoléon, pendant qu'on y est ?

*

Moi, les hommes politiques, j'appelle ça des timbres. De face, ils vous sourient, ils sont figés. Mais si jamais vous leur passez la main dans le dos, alors là, ça colle !

*

ONU : 12 millions d'enfants mourront cette année de malnutrition. Vous avez jusqu'au 31 décembre date-limite pour inscrire les vôtres.

*

Quand je vois un mec qui n'a pas de quoi bouffer aller voter, ça me fait penser à un crocodile qui se présente dans une maroquinerie !

*

La moitié des hommes politiques sont des bons à rien. Les autres sont prêts à tout.

*

La politique, c'est pas compliqué, il suffit d'avoir une bonne conscience, et pour cela il faut juste avoir une mauvaise mémoire !

*

La différence entre Georges Marchais et Jean-Marie Le Pen ? L'un est de l'Almanach Vermot, l'autre de l'almanach Wehrmacht !

*

Qu'est-ce qu'il fait, l'Éthiopien, quand il trouve un petit pois ? Il ouvre un supermarché.

*

Pour qu'un écologiste soit élu président, il faudrait que les arbres votent.

*

Au Chili, personne ne parle. Même les dentistes font faillite tellement personne ne veut plus ouvrir la bouche !

*

Il paraît que ce sont les cordonniers les plus fraudeurs. Sûrement que ce sont les hommes politiques, alors, qui sont les plus mal chaussés !

*

La raison d'État, c'est des tas de raisons.

*

Le 10 mai, c'est pas une bonne date pour les rois. Y en a deux qui sont morts ce jour-là : Louis XV et Giscard d'Estaing.

*

Vous savez quand Jaruzelski enlèvera ses lunettes noires ? Quand il aura fini de souder l'URSS à la Pologne.

*

J'ai lu *Le Capital*. L'avantage du *Capital*, c'est que pour expliquer le communisme, il commence par expliquer le capitalisme. Ce qui fait que t'as besoin d'acheter un autre livre.

*

Quoi qu'il arrive, même si le régime social est formidable, en Ukraine on se gèlera les couilles, et en Floride y fera beau.

*

Pourquoi est-ce que l'État a autorisé les cibistes ? Pour les récupérer. Parce qu'ils sont cent vingt mille. Cent vingt mille voix... Seulement, il leur donne le droit à l'appareil aujourd'hui et il leur fera payer une taxe demain.

*

« *Un foie, deux reins : trois raisons de boire Contrex.* » Mitterrand s'est présenté deux fois pour rien. Ça lui fait trois raisons de boire Contrex.

*

Marchais et Poniatowski parlent de tout changer. Tout à fait d'accord, à condition de commencer par eux.

*

Rappelez-vous toujours que si la Gestapo avait les moyens de vous faire parler, les politiciens ont, eux, les moyens de vous faire taire.

*

Ronald Reagan succède à Jimmy Carter :
L'Amérique avait un mauvais président. Elle a choisi un mauvais comédien.

*

Un ministre inculpé de corruption de fonctionnaire : il avait donné un sucre à un chien policier.

*

Syndicats : entre deux cons alcooliques qui ne sont pas d'accord, je suis toujours pour celui qui est de la CGT.

*

Tu sais comment on appelle un Noir avec une mitraillette, en Afrique du Sud? On l'appelle Monsieur.

*

Un bon gouvernement doit laisser au peuple assez de richesses pour qu'il puisse supporter sa misère. Et tout ira pour le mieux.

*

Les Russes, sur leurs maillots, il y avait écrit CCCP. Ils ont été obligés de changer. Les Mexicains croyaient que ça voulait dire « CouroucoucouPaloma ».

*

Les socialistes ont le pouvoir mais ils ne savent pas à qui le donner.

*

Le Conseil des sinistres, c'est le mercredi, le jour des gosses. Ils vont au sable, ils font des pâtés, c'est sympa. Le Garde des seaux est là.

*

Les cantonales, c'est pour élire des cantonniers. C'est pas méchant. Moi, j'y suis pas allé : y a pas d'herbe dans ma rue.

*

La politique, c'est un petit peu comme le flirt... Si on veut aller plus loin, à un moment, il faut aller plus près.

*

Vous savez que les hommes politiques et les journalistes ne sont pas à vendre. D'ailleurs, on n'a pas dit combien.

*

Il est très gentil, le président de la République. Parce qu'il nous laisse des libertés et tout le monde sait très bien que s'il nous les retirait, personne ne dirait rien.

*

Rocard, c'est ce qu'on appelle un homme de paille en herbe.

*

On se demandait à quoi servaient les frontières ? On a trouvé. Regardez : la catastrophe russe, là... nucléaire. Tchernobyl. En Allemagne, c'était très grave. En France, c'était pas grave : c'est la frontière !

*

Les gros bonnets, on peut pas les attraper ! Y en a des biens dans la politique. Y a du beau, y a du bon mais y a du bonnet, hein ! Y a surtout du bonnet.

*

Y voudraient qu'on soit intelligents et y nous prennent pour des cons... Ben, comment on ferait, alors ?

*

Camarades syndicalistes ! La contestation est née du Capital. Le capital est donc plus important que la contestation, car la contestation ne vit pas de ce qu'elle conteste, alors que le capital vit de sa contestation. Je vais vous rassurer tout de suite : les autres comprennent pas non plus, mais au moins, ça fait plaisir de savoir qu'on n'est pas compris par des mecs qui comprennent des trucs qu'on comprend pas !

*

En URSS, tout le monde va pouvoir sortir du pays, maintenant... à condition d'avoir plus de soixante-quinze ans et une autorisation de ses parents.

*

Le gouvernement s'occupe de l'emploi. Le Premier ministre s'occupe personnellement de l'emploi. Surtout du sien.

*

Qu'est-ce qu'il y a comme différence entre Giscard et Chirac ? Il n'y en a pas, mais Chirac le sait pas, lui !

*

Au Chili, un mec demande à un autre :
– Qu'est-ce que t'en penses, toi ?
– Bah, comme vous !
– Bah, je t'arrête alors !

*

Pour les manifestations, il faut des autorisations. Alors c'est entre la République et la Nation. Les autorités vont pas le permettre entre L'Étoile et La Muette, hein, vu que c'est là qu'ils habitent ! Alors entre République et Nation, ils ont le droit, les manifestants, très souvent ! Et à Créteil, entre la gare et la poste, c'est tous les jours s'ils veulent !

*

Grâce à l'armement nucléaire, puisque nous sommes nés par erreur, peut-être mourrons-nous par erreur.

*

On a le meilleur parti communiste du monde : il y a plus de mecs inscrits au PC en France de leur propre gré qu'en URSS.

*

Pour rétablir nos finances, il faut déclarer la guerre à la Suisse, puis la perdre afin d'être envahis et de disposer enfin d'une monnaie forte.

*

On est bien obligé de détruire par le feu et le sang des pays et des peuples entiers pour qu'il y ait des pauvres, car personne ne veut l'être.

*

Le mois de l'année où le politicien dit le moins de conneries, c'est le mois de février, parce qu'il n'y a que vingt-huit jours.

COLUCHE CANDIDAT

A LA PRÉSIDENCE DE LA RÉPUBLIQUE

Comité de soutien et permanence électorale
CHARLIE-HEBDO
(octobre 1980 - mars 1981)

POUR EMMERDER
LA DROITE
JUSQU'À LA GAUCHE
VOTEZ COLUCHE !

En septembre 1980, Coluche n'envisage pas encore « sérieusement » de se présenter à la présidentielle. Mais il imagine son passage à la télévision en tant que candidat.

– Ah ! si je pouvais passer entre Giscard et Chirac, avec le nez rouge, dans le quart d'heure ! Le mec qui serait élu, il l'aurait été contre un clown, c'est ça qui est embêtant, on pourrait toujours lui dire, historiquement : « Ce jour-là vous avez gagné contre un imbécile au nez qui clignotait ».

- **Afin de supprimer le chômage,** le président Coluche proposera de créer vingt millions d'Agences Nationales pour l'Emploi sur tout le territoire avec un chef d'agence et une secrétaire. Ainsi les trois millions de chômeurs pourront aller pointer en bas de chez eux.

16 % D'INTENTIONS DE VOTE EN UN MOIS ET DEMI
(SELON LE JOURNAL DU DIMANCHE)

Coluche inquiet :

Je vais finir par être élu
au premier tour avec vos conneries. Et quand est-ce que je vais en vacances ?

- **Avant moi,** la France était coupée en deux.

Avec moi, elle sera pliée en quatre !

Après l'appel aux non-inscrits,
voici maintenant

L'APPEL AUX INSCRITS

du candidat Coluche

J'appelle tous les gens qui, d'habitude, votaient pour un autre candidat et qui n'ont eu aucune raison d'en être contents à voter pour moi.

J'appelle les poujadistes, les automobilistes, les partisans de la peine de mort, les pêcheurs à la ligne, les petits commerçants, ceux qui pissent dans le lavabo, les assujettis à la Sécurité sociale, les cadres, les cyclistes, les patrons, les sportifs, les racistes, les sénateurs, les militaristes, les échangistes, les militants, les supporters, les chasseurs, les vicieuses, les marchands d'armes, les téléspectateurs, les indicateurs, les locataires, les collabos, les enfoirés mondains, les traîtres, les bourreaux d'enfants

ET TOUS LES ABONNÉS AU GAZ A VOTER POUR MOI

Coluche

*Le seul
candidat
vraiment
honnête*

APPEL AUX ENFANTS

Emmerdez vos parents et grands-parents pour qu'ils votent Coluche.

COLUCHE PRÉSIDENT, C'EST :

- Le droit à 5 mercredis par semaine.
- Le droit à 365 noëls par an.
- Le droit de coller ses crottes de nez sur la télé.
- Le droit d'arracher les ailes des mouches.
- Le droit de jouer au docteur.
- Le droit de rentrer dans la chambre des parents sans frapper.
- Le droit de faire caca dans son cartable.
- Le droit de jeter des pierres aux aveugles.
- Le droit de découper des mickeys dans les feuilles des plantes vertes.
- Le droit de ne pas se laver les mains avant de toucher le pain.
- Le droit d'éventrer ses poupées.
- Le droit de renverser la friture sur les genoux de pépé.
- Le droit de mettre de la confiture sur l'écouteur du téléphone.
- Le droit de coller cette affiche sur le parquet ciré.

VOS PARENTS SONT DES CONS.
N'ACCEPTEZ PAS L'HÉRÉDITÉ !

le candidat
du premier âge
plié en quatre.

- **Salut les sondés :** 10 % des intentions de vote pour moi, ça veut dire que 90 % des mécontents hésitent encore. Je monte dans les sondages. Va-t-on me renvoyer « la censure » ?

- **La veuve Mao :** ancienne comédienne. Le pape : ancien comédien. Reagan : ancien comédien... J'ai toutes mes chances.

- **Si Giscard est réélu,** je demande l'asile politique à la Belgique.

À un journaliste qui lui demandait s'il avait obtenu les 500 signatures d'élus nécessaires à la validation de sa candidature pour l'élection présidentielle, Coluche réplique :

Je saurai ça au moment où la liste sera close. D'ailleurs, je ne suis pas seul dans ce cas.

La différence entre moi et ceux qui, aussi, ne sont pas certains de recueillir les 500 signatures, c'est que j'ai fait plus de galas qu'eux et que, bien que n'ayant pas de doigts en caoutchouc, j'ai serré pas mal de mains. J'ai fait plus d'entrées payantes que Lecanuet a fait d'entrées gratuites à ses meetings.

HUMOUR-ASSISTANCE

Coluchiens, Coluchiennes, vous êtes nombreux, ne vous laissez pas prendre au sérieux.

- Faites la fête.
- Faites le gai.
- Embrassez-vous.
- Apportez des fleurs aux commissariats.
- Aidez les vieux à traverser même s'ils ne veulent pas.
- Cotisez-vous, réunissez-vous dans les bistrots sympathisants, chez vous ou ailleurs, invitez vos voisins, vos amis, payez-vous à boire les uns les autres.
- Coluchiens, Coluchiennes, pour le Mardi gras, achetez des masques de chien, et tous dans la rue avec les fanfares.
- BUVEZ, DANSEZ, CHANTEZ, et quand on vous parle politique, répondez : « Je m'en fous, je vote Coluche ! »

APPRENONS A RIRE,
ÉDUQUONS LA JOIE.

Coluche

En avril, je vote pour l'imbécile.
En mai, je fais ce qu'il me plaît.

- **Remake** – Qu'est-ce qu'on joue au deuxième tour ? – Mitterrand-Giscard. C'est con, j'ai déjà vu le film.

- **Coluche candidat des supporters :** contrairement aux hommes politiques, St-Étienne est qualifiée.

- **Il me faut 500 signatures.** Si j'en ai 2000, on se présente à quatre.

- **Si je suis élu,** les femmes auront le droit de faire pipi debout le long des arbres.

- **Il vaut mieux voter** pour un couillon comme moi que pour quelqu'un qui vous prend pour un couillon.

COMITÉ DE SOUTIEN À LA CANDIDATURE DE

COLUCHE

Les 150 premières signatures

Outre certains noms inventés, parmi ceux cités dans cette liste de soutien, tous n'avaient pas donné leur accord...

(paru dans Charlie-Hebdo le 5-11-1980)

Hugues	AUFRAY	*(Chanteur connu)*
Catherine	AMOROS	*(Gouine)*
Claire	BRETECHER	*(Dessinatrice)*
	BEN SAOUD	*(Arabe)*
Rosa	BOGUSLAWSKY	*(Française)*
Annie	BEUGNON	*(Chef cuisinière)*
Jean-Claude	BRIALY	*(Comédien)*
Jean-François	BIZOT	*(Hésitant)*
Alain	BELON	*(Huître)*
Georges	BERNIER	*(Chauve)*
Jean-Paul	BIRON	*(Taulard)*
Romain	BOUTEILLE	*(Comédien)*
Marie-Christine	BONNET	*(Enseignante)*
Dany	BENAMORT	*(Photographe)*
Claude	BERRI	*(Producteur cinéma)*
Nathalie	BAYE	*(Comédienne)*
Josianne	BALASKO	*(Comédienne)*
Pierre	BENICHOU	*(Journaliste)*
Michel	BERGER	*(Compositeur)*
Daniel	BALAVOINE	*(Chanteur contestataire)*
Philippe	BRUNEAU DE LA SALLE	*(Auteur à succès)*
Maggy	BORINGER	*(Strip-teaseuse)*
Patrick	BOURSIER	*(Fort des halles)*
Frédéric	BLANC	*(Journaliste)*
	CHRISTOPHE	*(Chanteur de tubes)*
	CAVANNA	*(Journaliste)*
Daniel	COHN-BENDIT	*(Révolutionnaire allemand)*
Pierre	COUMIAN	*(Médecin)*
Fabrice	COAT	*(Abstentionniste)*
Maryse	CORNOUEIL	*(Fainéante)*
Christian	CLAVIER	*(Propriétaire)*
	CARLOS	*(Chanteur comique)*
	CABU	*(Dessinateur)*

Julien	CLERC	*(Chanteur)*
Francie	CAMUS	*(Prostituée)*
Pierre	CHARPENTIER	*(Anarchiste)*
Thierry	CHABERT	*(Assistant cinéma)*
Claudine	CONTE	*(Femme de ménage)*
Véronique	COLUCCI	*(Assistante production)*
Jean-Claude	DUPIEU	*(Garagiste)*
Carole	DAGENAIS	*(Jolie fille)*
Michel	DRUCKER	*(Producteur télé)*
Christine	DELACHAISE	*(Assistante direction)*
Gérard	DEPARDIEU	*(Comédien)*
Jacques	DUTRONC	*(Chanteur comédien)*
Patrick	DEWAERE	*(Comédien)*
Bernard	DUPLAIX	*(Collectionneur)*
André	DELPIERRE	*(Architecte)*
Gérard	DESPAUD	*(Boucher)*
Michèle	DIEZ	*(Institutrice)*
Claude	ENGEL	*(Appelé du contingent)*
Dominique	ESNAULT	*(Apprenti)*
Catherine	EUILLET	*(Marin)*
Nino	FERRER	*(Chanteur)*
Léo	FERRÉ	*(Chanteur anarchiste)*
Romain	GOUPIL	*(Crasseux)*
Christine	GOZLAN	*(Productrice)*
Louis-Auguste	GIRAULT DE COURSAC	*(Noble)*
Gérard	GENINI	*(Chômeur)*
Laurent	GASPERI	*(Handicapé)*
Pierre	GORLIN	*(Dentiste)*
Laurence	GUINDOLLET	*(Habilleuse)*
Marcel	GOTLIB	*(Dessinateur)*
Richard	GOTAINER	*(Chanteur sur disque)*
Odette	GAMBERINI	*(Mère de famille)*
France	GALL	*(Chanteuse)*
Jean-Luc	GODARD	*(Cinéaste)*
	GÉBÉ	*(Dessinateur)*
Pierre	GRUNSTEIN	*(Étranger)*
Johnny	HALLIDAY	*(Star)*
Didier	JALLIER	*(Nègre)*
Pierre	JOLIVET	*(Comédien)*
Marc	JOLIVET	*(Frère)*

Michel	JONASZ	(Chanteur)
Serge	JULY	(Journaliste)
Annie	KEBADIAN	(Sténo-dactylo)
Stéphane	KANTOR	(Chirurgien)
Jean-Pierre	KALFON	(Comédien)
Paul	LEDERMAN	(Escroc)
Gérard	LAPLIURE	(Musicien)
Didier	LAVERGNE	(Pédé)
Thierry	LHERMITTE	(Communiste)
Gérard	LENORMAN	(Chanteur)
Gérard	LANVIN	(Comédien)
Martin	LAMOTTE	(Fou)
Jacques	LANZMAN	(Écrivain)
Éliane	LIDDEL	(Fainéante)
Bernadette	LAFON	(Comédienne)
André	LICHNEROWICZ	(Membre de l'Institut)
Georges	LAUTNER	(Réalisateur)
Gérard	LEFÈVRE	(Peintre)
Richard	LERVILLE	(Menuisier)
Georges	MOUSTAKI	(Chanteur)
Jacques	MARTIN	(Comédien)
Aldo	MARTINEZ	(?)
Philippe	MANESSE	(Comédien)
Yves	MONTENT	(Représentant)
Paulette	MAURICE	(Abstentionniste)
Eddy	MITCHELL	(Chanteur de rock)
Alex	METAYER	(Comédien)
	MIOU-MIOU	(Comédienne)
Betty	MIALET	(Journaliste)
Claire	NADEAU	(Chômeuse)
Maurice	NAJMAN	(Chevelu)
Patrick	OLIVIER	(Travesti)
Didier	PLUVIAUD	(Docteur chirurgie dentaire)
Jean-Louis	PENINOU	(Ancien socialiste)
Ludovic	PARIS	(Pédé)
Alain	PELLET	(Marin)
Christian	PORTAL	(Décorateur)
René	POURCHESS	(Restaurateur)
Jean-Baptiste	POIROT	(Décorateur)
Roman	POLANSKI	(Réalisateur)

Guillaume	PONSIN	*(Sculpteur)*
Thierry	PONSIN	*(Architecte)*
Ramon	PIPIN	*(Chanteur)*
Joël	QUETTIER	*(Chevelu)*
Roland	RECORDON	*(Oisif)*
Jacques	RENAUD	*(Punk)*
Yacha	ROYAC	*(Piéton)*
	RENAUD	*(Chanteur connu)*
Ton	REGAZZOLA	*(Sociologue)*
Lila	RECIO	*(Comédienne)*
Dick	RIVERS	*(Idole)*
Jean-Marc	REISER	*(Dessinateur)*
Michèle	ROBERT	*(Sténo-dactylo)*
Alain	SOUCHON	*(Chanteur)*
Henri	SORIN	*(Conseiller municipal*
Yann	SIBIRIL	*(Alcoolique)*
Dominique	SECHAN	*(Comédienne)*
Gilbert	SIGAUX	*(Professeur art dramatique)*
	SOTHA	*(Auteur)*
Liliane	SARRASSAT	*(Femme)*
	SINE	*(Dessinateur)*
Michel	SARDOU	*(Chanteur connu)*
	SHEILA	*(Chanteuse connue)*
Xavier	THIBAULT	*(Musicien)*
Vina	TARASSOF	*(Speakerine radio)*
	TOPOR	*(Dessinateur non votant)*
Jean-Marc	THIBAULT	*(Comédien)*
Maurice	VALLET	*(Parolier)*
Lino	VENTURA	*(Comédien)*
Laurent	VOULZY	*(Chanteur)*
Jacques	VILLERET	*(Comédien)*
Robert	WILLARD	*(Animateur radio)*
Sylvie	VARTAN	*(Chanteuse)*
M.-Stéphane	VAUGIEN	*(Hôtesse de l'air)*
Brigitte	VENTILO	*(Directrice)*
Jean-Michel	VAGUELSY	*(Juif)*
	WILLEM	*(Dessinateur)*
Jean	YANNE	*(Comédien)*
Claude	ZIDI	*(Réalisateur)*
Josiane	ZARDOYA	*(Toulousaine)*

- **Si je suis élu,** j'ordonnerai la construction d'une fusée Ariane étanche car elle a l'habitude d'aller à l'eau directement.

- **Si je suis élu,** je déclarerai la guerre à l'Albanie parce que c'est l'un des plus petits pays du monde, donc une proie facile, d'autant qu'elle est complètement isolée. D'autre part, grâce à une ruse insidieuse et funeste, je ferai rassembler la flotte anglaise dans la rade de Mers el-Kebir avant de la torpiller jusqu'à la dernière chaloupe.

LA MAJORITÉ DES
SE DÉCLARENT

VOLTAIRE
JAURÈS
BASTILLE
PLACE D'ITALIE
JUSSIEU
DENFERT-ROCHEREAU
RASPAIL
MONTPARNASSE
PASTEUR
DUROC
SÈVRES-BABYLONE
LA MOTTE-PIQUET
GARE DE L'EST
GARE DU NORD
TROCADÉRO
INVALIDES
ST-LAZARE
F.D. ROOSEVELT
NATION

AVEC COLUCHE, POUR

STATIONS DU MÉTRO PARISIEN POUR COLUCHE

VILLIERS
LA FOURCHE
PLACE CLICHY
BARBÈS-ROCHECHOUART
MARCADET-POISSONNIERS
STALINGRAD
LOUIS-BLANC
CONCORDE
MADELEINE
PALAIS-ROYAL
CHÂTELET
OPÉRA
HAVRE-CAUMARTIN
PIGALLE
ÉTOILE
STRASBOURG-ST-DENIS
PÈRE LACHAISE
MOUTON-DUVERNET

AVANTAGE DE CHANGEMENTS

- **Le mois dernier,** *Michel Crépeau avait 2 %. Ce mois-ci 1. Dans un mois il aura zéro. S'il reste deux mois, il nous doit 1 %.*

- **Michel Crépeau** *déclare : « Je suis le candidat anti-Coluche. » Est-ce que ça veut dire que si j'étais pas là, il existerait plus ?*

COLUCHE PRESIDENT

SEUL LE PRÉSIDENT

COLUCHE

PEUT RÉGLER LE PROBLÈME
DE LA GUADELOUPE

- Une quéquette encore plus grosse pour tout le monde.
- Plus du tout de travail.
- Le droit d'écraser les Blancs dans sa bagnole.

Coluche

*Le seul candidat raciste
qui n'aime pas les Blancs*

COLUCHE,

On n'en peut plus douter. Coluche sera le Président des Français. C'est maintenant une certitude absolue. Le raz-de-marée populaire est en route, rien ne pourra l'arrêter. Toujours le premier à la pointe du progrès et du côté du manche, « Charlie-Hebdo » s'est empressé de mettre des pages à la disposition du Président Coluche contre l'assurance qu'il sera promu seul journal officiel de la république coluchienne française dès l'intronisation du Président Coluche.

Vous trouverez donc ici-même, tous les éclaircissements que vous pouvez souhaiter sur le programme de gouvernement du Président Coluche.

AVEC MOI POUR LEUR FOUTRE AU CUL!

NOUS VOILÀ !

SOCIAL

Le social a toujours été le grand souci du Président Coluche. Il s'est penché avec sollicitude sur ce domaine si cher au cœur de l'homme de ce temps et il est rapidement arrivé à une décision. Cette décision tient en deux points :

1) Plus de pauvres. Tout le monde riche.

2) Réflexion faite, après examen plus approfondi de la situation : plus de riches. Tout le monde pauvre.

RELIGION

La religion telle que nous la connaissons est le domaine par excellence de l'arbitraire et du favoritisme. Le Président Coluche a donc décidé d'apporter, là aussi, les bienfaits de la démocratie. Sa doctrine tient en une formule : Fini, les dieux autocrates et imposés ! Un seul dieu pour tous,

démocratiquement élu au suffrage universel : le Président Coluche. D'autres améliorations, de moindre importance, seront développées en temps utile. Cueillons au hasard : la messe sans quitter son lit, les hosties apportées toutes chaudes par le facteur, goût de Coluche garanti.

POLITIQUE

Le Président Coluche, ayant remarqué que la politique, extrêmement utile pour assurer l'élection du Président Coluche, devenait tout à fait inutile une fois cette élection assurée, a donc en sa sagesse décidé de ne pas contrarier cette évolution naturelle.
1) La politique est supprimée.
2) Messieurs Giscard, Mitterrand, Chirac et Marchais, privés de raison d'être, se verront offrir une place de figures de cire au musée Grévin.

GOUVERNEMENT

Création d'un Ministère des Affaires pas Propres où seront regroupées l'administration des Diamants et Pots-de-Vins, celle des Assistants de Ministres pas Réglos, celle des Tripotages Immobiliers, etc., jusqu'ici dispersées dans les divers ministères.

ARMÉE

Il n'a pas échappé au Président Coluche que, la France étant dotée de la force de frappe, toute autre arme apparaît aussitôt caduque, dérisoire et dévore-budget. Le Président Coluche a donc mis au point ce programme en deux phases :
1) Il appartient au Président Coluche et à lui seul de décider de l'utilisation de l'arme suprême et du choix de qui la recevra dans l'œil.

2) Le Président Coluche n'a besoin de personne d'autre. En conséquence, l'armée française est supprimée. Tous les militaires, à tous les grades de la hiérarchie, sont appelés à partir de ce jour à faire valoir leurs droits au chômage.

SANTÉ

Le Président Coluche classe les maladies en trois catégories :
1) Les maladies honteuses.
2) Les maladies répugnantes.
3) Les maladies marrantes.
Il ne voit pas bien encore où ça va le mener, mais en sept ans (renouvelables !) il aura le temps d'y penser.

AGRICULTURE

Afin de venir en aide à l'agriculture française gravement menacée par les lentilles japonaises en acier trempé, le Président Coluche envisage d'encourager dans les écoles maternelles l'art de confectionner des portraits du Président Coluche en légumes secs collés sur roufipan.

TRANSPORTS

La querelle des deux roues et des quatre roues au sujet de la vignette n'a pas manqué de stimuler l'imagination créatrice et le sens de la justice sociale du Président Coluche. Il a donc décidé que seules les trois premières roues d'un véhicule quelconque seront assujetties à payer la taxe. La quatrième roue est gratuite.

FEMMES

Égalité totale. Suppression du féminin dans la langue et la grammaire françaises. Suppression du mot sexiste « homme ». Et maintenant, démerdez-vous.

- **Bonne nouvelle :** Giscard ne sera pas candidat ; sa femme a en effet déclaré que son mari ne se représenterait pas, sauf si c'est dans l'intérêt de la France. Aucun risque, donc.

- **A partir du moment** où moi je m'adresse aux pouilleux, aux crasseux, aux mecs qui n'existent pas en politique, à ceux qui ne se sont jamais inscrits, je fais acte de civisme, plus qu'aucun parti.

- **Coluche en campagne,** c'est une boîte vide dans laquelle on a envie de gueuler, parce que ça résonne.

- **Je donnerai satisfaction** à la revendication essentielle du syndicat des dindes C.G.T. : le droit à un treizième marron dans le cul.

- **Vous avez des étrangers** qui viennent en France comme balayeurs, et après ils restent comme Noirs.

- **Ma candidature,** c'est la possibilité pour tous ceux qui sont traités en parasites de devenir actifs, de passer au rang officiel d'emmerdeur.

- **Le gaspillage :** « Les militaires ont de quoi détruire **150** fois la planète : ça fait déjà **149** fois de gaspillées ! »

J'arrête
Je ne suis plus candidat

J'ai voulu remuer la merde politique dans laquelle on est, je n'en supporte plus l'odeur.

J'ai voulu m'amuser et amuser les autres dans une période d'une très grande tristesse et d'un grand sérieux. C'EST LE SÉRIEUX QUI VIENT DE GAGNER. Eh bien, tant pis. Des gens seront déçus, je le suis aussi.

Je suis déçu de mes droits civiques. J'arrête parce que je ne peux pas aller plus loin.

J'avais proposé aux petits candidats de me rejoindre pour qu'ensemble nous soyons assez forts, et que nous puissions aller jusqu'au bout. Trop peu ont répondu pour que ça m'encourage à continuer. Les maires se dégonflent : la censure ! Les menaces ! Je rencontre beaucoup de journalistes qui voudraient m'aider, mais ils n'en ont pas les moyens, parce que leurs chefs bloquent tout.

Aujourd'hui, je me demande comment j'ai pu croire que ma candidature ferait rire les médias et les hommes politiques... Mais quand les uns font bloc et les autres font silence, ils créent un gros trou entre le public et le candidat. Le meilleur moyen d'étouffer le candidat. Si j'avais fait 2 % dans les sondages, on aurait trouvé ça rigolo, mais 10 %, c'était trop !

Déjà la police fait un dossier sur moi dans le but d'interdire ma candidature au dernier moment ; tout ça est trop « sérieux » pour moi.

Je ne parle pas des menaces de mort et autres marques d'affection que l'on m'a fait l'honneur de m'adresser.

Messieurs les hommes politiques de métier, j'avais mis le nez dans le trou de votre cul, je ne vois pas l'intérêt de l'y laisser.

Amusez-vous bien, mais sans moi.

Officieusement interdit d'antenne lors de sa campagne, Coluche entame une grève de la faim le 16 mars 81. Au cours de la conférence de presse marquant cette décision, il avoue un petit tracas :

Je suis emmerdé *parce que j'ai des médicaments contre le rhume à prendre après les repas, et je sais plus à quel moment les prendre.*

COLUCHE : 8ᵉ JOUR
DE GRÈVE DE LA FAIM

par Cavanna

Le président Coluche est sorti de l'hôpital. Je suis allé lui présenter les vœux de prompt rétablissement de la part de « Charlie-Hebdo » et aussi lui exprimer notre admiration devant son sacrifice héroïque. Il m'a répondu par quelques mots simples et grands :

— *Sacrifice mon cul. Tu crois pas que j'allais me laisser crever ? Le jour où le médecin m'a dit que ça devenait vraiment dangereux, j'ai laissé tomber aussitôt. Finalement, ça m'a fait plutôt du bien. J'ai perdu douze kilos, rien que de la mauvaise graisse. Ce qui reste,* c'est de la bonne. Et du coup je fais ce que j'avais jamais fait : je me soigne. Le médecin m'a pris en charge, analyses, fortifiants, régime, repos, je me sens en forme, terrible. Du coup, je pars en vacances. Moi, quand je suis en forme, j'ai envie de vacances. Je les ai bien gagnées, non ?

— L'emmerdant, c'est que ta grève de la faim, personne n'en a rien su, ou presque. Et ceux qui l'ont su ont cru à une blague. Les médias t'ont presque entièrement boycotté.

– M'en fous. J'ai fait ce que j'ai pu. Que ceux qui ont fait chier la grosse machine plus que moi lèvent le doigt. Si les gars qui me soutiennent sont déçus, qu'ils se disent bien que je le suis encore plus qu'eux.

– Pourquoi n'avoir pas fait ça effectivement à la blague ? Pourquoi une grève de la faim, comme un bon petit militant ? On attendait de toi quelque chose d'énorme et de profanateur...

– En somme, tu me reproches de ne pas avoir été assez malin ? C'est possible. Pour moi, c'était un coup de sonde. Je voulais voir si les journalistes seraient assez crapules pour boycotter ça. J'ai vu.

Je suggère, prudemment :

– Tu ne crois pas que tu y es un peu pour quelque chose ? Quand, après ta conférence de presse du Gymnase où tu annonçais le début de ta grève de la faim, tu en as traité certains de cireurs de pompes et d'enculés mondains, tu ne penses pas que, vexés, ils se sont passé le mot : « On fait l'impasse sur ce gros con » ? Et comme, en plus, ça allait dans le sens de leurs patrons, du pouvoir et des partis, la conspiration du silence a fonctionné à plein. Tu ne crois pas ?

– T'es vraiment aussi con que ça ou tu le fais exprès ? Ils n'en auraient de toute façon pas parlé. Les ordres étaient de boycotter tout ce qui venait de Coluche, à gauche comme à droite.

– Pourtant, ils étaient venus. Le théâtre rempli. Des caméras, des micros partout.

– Ils étaient venus parce que venir voir Coluche ça fait passer un moment, on en prend plein sa gueule mais on se marre, mais pour les papiers ou l'antenne, rien à faire. Or, tu sais très bien qu'à partir du moment où tu n'as plus les médias, tu peux faire ce que tu veux, les trucs les plus extra-ordinaires et même les plus héroïques, c'est comme si tu pissais en l'air. Personne ne le sait, c'est foutu.

– Et les cinq cents signatures ?

– A partir du moment où les partis politiques ont interdit à leurs élus de donner leur signature à d'autres candidats que celui du parti, ça aussi, c'était foutu. Sans les cinq cents signatures, tu n'es plus candidat. N'étant plus candidat, je ne pouvais rien faire.

– Ton aventure aura du moins été une expérience qui prouve l'efficacité du système de barrage. Elle a mis en évidence la façon dont la politique est confisquée par le pouvoir et ses compères les grandes formations.

— Tu l'as dit. vois-tu, j'ai eu des *propositions. Discrètes, bien sûr, et venant d'un peu partout. On me promettait monts et merveilles (à commencer par les cinq cents signatures!) si je promettais qu'au deuxième tour... Ouais. Je vais te dire. Suppose que, le soir du premier tour, je me retrouve avec, peut-être pas les quinze pour cent du sondage, mais, disons, sept à huit pour cent de voix, soyons modeste. Et que je conseille à ces sept à huit pour cent de voter pour Machin, et que, grâce à ces voix, Machin gagne. Bon. Et alors? Tu crois qu'il ira s'en vanter, Machin, d'avoir été élu grâce au gugusse au nez rouge? Il me crachera à la gueule, oui! Et qu'il soit de droite, de gauche ou d'entre les deux.*

— C'était prévu au départ, non? « Tous ensemble pour leur foutre au cul! », ça disait bien ce que ça voulait dire.

— Ce qui n'était pas prévu au *départ, c'est que je ramasserais, dès le premier sondage, huit pour cent des intentions de vote, et jusqu'à quinze pour cent par la suite. Ça, ils n'ont pas toléré. Je devenais l'arbitre. Celui qui peut faire basculer une majorité. A partir de là, plus question de rigo-*lade. Le barrage. Féroce. La gauche encore plus féroce que la droite. Car c'est à la gauche que je piquais des voix, figure-toi. C'est ça qu'ils avaient en tête. Elle a vraiment confiance en ses électeurs, la gauche! Elle les prend pas pour des cons!

— Conclusion : tu t'écrases?

— Mon intérêt de citoyen est de m'écraser.

— Et l'opération « Votez Coluche, même sans Coluche »? Ça nous plaît bien, à « Charlie-Hebdo ». Mais il nous faut ton soutien.

— Je voterai nul, et je conseille de voter nul.

— Mais voter Coluche, c'est voter nul. On comptabilise les bulletins nuls, on verra bien s'ils sont nettement plus nombreux que ne le prévoit la statistique...

— D'abord, comme tribunes, il n'y aura que « Charlie-Hebdo » et, peut-être quelques marginaux. Donc, ça ne fera pas assez de boucan pour obtenir une différence vraiment significative, et ils pourront ergoter à l'infini. Non, crois-moi, sans les grands médias, rien ne peut se faire. Les médias appartiennent soit au pouvoir, soit, de près ou de loin, à un parti. Va te rhabiller.
Je n'avais confiance au départ ni en la droite, ni en la gauche, sans

*trop savoir pourquoi. Maintenant,
je sais.*

– Les petits malins vont disant
que tout ça, ta campagne, ta grève
de la faim, ce n'est qu'une opération publicitaire montée par toi et
ton imprésario.

– *Quoi qu'on fasse, dès qu'on se
met en avant, les petits malins ont
tout compris : « C'est de la pub ! »*

COLUCHE: 8ᵉ JOUR
DE GRÈVE DE LA FAIM

AVANT J'ÉTAIS HARDY
MAINTENANT JE SUIS LAUREL !

'abu

(« Comme Brigitte Bardot avec sa
campagne pour les bêtes d'abat-
toir, où ceux à qui on ne la fait
pas voient une opération publicitaire, alors qu'elle ne tourne plus
depuis des siècles... » Ça, je me le
dis en moi-même pendant qu'un
gars plonge un machin dans la
veine de Coluche et remplit des
petits tubes du sang du héros.)

– Et maintenant ?

– *Je pars en vacances !... Et puis,
j'ai une idée, bien vague, pas sûre
du tout, une espèce d'envie, plutôt : un journal. Un journal de
sexe, de politique, de rock, de
pédés, tout ça. Avec des petites
annonces de cul et de tout ce
qu'on veut. Il serait l'organe du
Syndicat des Consommateurs de
Politique. Toute une organisation.
Avec par exemple des avocats à la
disposition des gars qu'on vire
d'un boulot parce qu'ils sont
pédés, ou qu'on emmerde parce
qu'ils font du bruit en jouant du
rock dans la cave, ou qu'on cogne
au poste pour délit de sale gueule,
tu vois...*

3

LA SOCIÉTÉ

Deux millions d'alcooliques, 3 millions qui boivent trop, 1 million de drogués, 3 millions de pédés, 5 millions de fainéants, 1 million de clochards, 1 million de branleurs, 1 million d'autonomes, 50 radios « libres ». On se demande qui bosse, dans tout ça.

*

À cette époque-là, y avait beaucoup de boulot pour les ouvriers. Ils étaient pas beaucoup payés, mais il y avait beaucoup de boulot. Maintenant, ils sont mieux payés, les ouvriers, mais c'est fini, y a plus de boulot.

*

La France, comme elle est, c'est pas plus mal que si c'était pire !

*

La guerre de 14-18 avait fait un civil de tué pour dix militaires. 39-45 : un civil pour un militaire. Viêt-nam : cent civils pour un militaire. Engagez-vous ! Pour la prochaine, seuls les militaires seront survivants.

*

Je voudrais rassurer les peuples qui meurent de faim : ici, on mange pour vous.

*

L'administration en France, c'est très fertile ! On y plante des fonctionnaires, il y pousse des impôts !

*

L'alcool va augmenter de 10 %. Mais attention, c'est le prix qui va augmenter, et pas le taux. En effet, on pourrait croire que le Pastis 51 va passer à 61, mais il n'en est rien. C'est bien le prix qui augmentera de 10 %. C'était déjà pas facile d'attirer du monde dans les stades pourris pour voir des matchs minables.

*

Bavures :

Que fait la police ? Elle est très fière d'annoncer qu'elle a réussi à attraper un des leurs ! Bravo ! Les autres courent toujours... et ils sont armés.

*

Les Japonais fabriquent des vélos, Manufrance ferme. Les Japonais fabriquent des voitures, Renault va fermer. Si un jour les Japonais fabriquent du camembert et du vin rouge, il faudra fermer la France.

*

C'est dégueulasse, ceux qui fument du haschisch, ils jettent les mégots, tandis qu'avec les consignes des six premiers litres de rouge, on peut en avoir un septième !

*

Un Noir et un Blanc, c'est la même chose, sauf qu'il y en a un qui court plus vite.

*

Fonctionnaire :
Ne dors jamais le matin, sinon tu ne sauras jamais quoi foutre l'après-midi.

*

Dieu a dit : « Il y aura des hommes blancs, il y aura des hommes noirs, il y aura des hommes jaunes, il y aura des hommes grands, il y aura des hommes petits, il y aura des hommes beaux, il y aura des hommes moches et tous seront égaux, mais ça sera pas facile ! » Et puis il a dit : « Y en aura même qui seront noirs, petits et moches, et pour eux ça sera très dur ! »

*

Les étrangers devraient comprendre une chose : Il vaut mieux être en bon état de santé qu'en mauvais état d'arrestation.

*

La Chine, c'est gai. Plus on est de fous, moins y a de riz.

*

Je ne suis pas un nouveau riche, je suis un ancien pauvre.

*

Je pense que les pauvres sont indispensables à la société, à condition qu'ils le restent.

*

Les technocrates si on leur donnerait le Sahara, dans cinq ans il faudrait qu'ils achètent du sable ailleurs.

*

En France, t'as des grilles au square, ça ferme la nuit ! C'est un état d'esprit.

*

Étant donné que nous vivons dans un monde corrompu par l'argent, tout ce qui est gratuit est bon à prendre.

*

Quand vous voyez un flic dans la rue, c'est qu'y a pas de danger. S'il y avait du danger, le flic serait pas là.

*

Qui prête aux riches prête à rire.

*

Les pauvres sont indispensables ! La preuve ? Les Américains en ont ! C'est quand même pas par snobisme.

*

Les Russes sautent haut, les Noirs courent vite. Dans les deux cas, c'est la police qui les entraîne.

*

Quand on pense qu'il suffirait que les gens n'achètent plus de saloperies pour que ça ne se vende pas !

*

Moi j'en connais un, un gynécologue : pour pas perdre la main pendant les vacances, il repeint le corridor en passant la main par la boîte aux lettres.

*

Quand ceux qui ont fait la guerre seront enfin tous morts, qu'on n'en entende plus parler. À l'avance, merci.

*

Le meilleur moyen d'enrayer l'hémorragie des accidents du travail est sans doute d'arrêter de travailler. Ce qui aurait malheureusement pour conséquence immédiate d'augmenter les accidents de vacances.

*

Le monde est bien foutu, les ouvriers travaillent, les patrons patronnent. Le prolo sait comment on fait le travail, le patron sait pourquoi on fait le travail.

*

À l'administration, on devrait lui confier l'inflation !
Ça la stopperait pas, mais ça la ralentirait considé-
rablement quand même !

*

Deux policiers arrêtés pour coups et blessures, trois
policiers interpellés pour escroquerie ! Comme vous
le voyez, les voleurs font ce qu'ils peuvent : malheureusement, la police court toujours...

*

Devinette : *1)* Un policier tue un Arabe dans un
commissariat. *2)* Le policier est déclaré innocent par
non-lieu. Questions : L'Arabe est-il mort ? Était-ce
un simulateur ? L'Arabe était-il dans son tort de se
faire tuer ?

*

À la guerre, on décore ceux qui reviennent. Ceux qui
étaient courageux, c'est ceux qui sont morts. Ben
dame ! On peut pas être partout !

*

Y a quand même moins d'étrangers que de racistes en France, je préfère m'engueuler avec les moins nombreux.

*

Si on écoutait ce qui se dit, les riches seraient les méchants, les pauvres, les gentils. Alors pourquoi tout le monde veut devenir méchant ?

*

À la Sécu, s'il y en a un qui meurt sur les lieux du service, il faut tout de suite lui enlever les mains des poches... pour faire croire à un accident du travail.

*

Sont cons, hein, les supporters ? Mais on peut toujours trouver plus cons que les supporters : y a les sportifs. Parce que les supporters, ils sont assis : les autres, ils courent !

*

Tous ces étrangers seraient bien mieux dans leur pays... La preuve : nous, on y va bien en vacances !

*

Quand on braque une vieille, maintenant, on est obligé de lui dire : « N'ayez pas peur, madame, on n'est pas de la police ! »

*

Y a des gens qui ont des enfants parce qu'ils n'ont pas les moyens de s'offrir un chien.

*

On connaît les cent soixante-douze pays qui ne vont pas aux Jeux olympiques. Il y en a trois qui y vont : la France, la Belgique, le Liechtenstein. Bonnes chances de médailles de bronze pour la France.

*

Le mec qui part en vacances en Turquie, c'est un fou complet. Déjà que les Turcs y restent, c'est pas normal.

*

À la Sécurité sociale, tout est assuré. Sauf la pendule. Ça, on risque pas de la voler, le personnel a les yeux constamment fixés dessus.

*

Dans l'administration :
— Dites donc, vous êtes déjà arrivée en retard ce matin, ce soir, en plus, vous partez en avance.
— Oui. C'est parce que je veux pas être en retard deux fois dans la même journée.

*

À la télévision :
Y a des mecs qui meurent de faim pendant qu'on est à table... Arrêtez ! Les mecs qui meurent de faim, on leur passe pas des images de mecs qui sont en train de bouffer, alors !

*

Le pain baisse, le chômage augmente. Faites-vous un sandwich pas cher, mettez un chômeur entre deux tranches de pain et sauvez la France.

*

Le pire, c'est quand des représentants d'ouvriers se mettent à parler avec des phrases comme à la télé. Alors là, on comprend pas ce qu'ils disent, on n'arrive même pas à comprendre ce qu'ils veulent.

*

« Semaine de dialogue avec les immigrés » : Voyez que c'est une maladie, les immigrés ! Avant, c'était la semaine pour le cancer, et maintenant c'est pour les immigrés.

*

Si j'ai bien lu Freud, les hommes auraient deux problèmes, le cul et le fric. Sachant que tout le monde a un cul, occupons-nous du fric.

*

Évidemment, il y a des guerres, il y a de la famine...
Mais la guerre, c'est l'hygiène du monde, hein? Et
puis l'horreur est humaine, tout le monde sait ça!

*

Heureusement qu'ils ne sont pas dans le bâtiment, à
la Sécurité sociale! Ils auraient les doigts pris dans le
béton!

*

Ici, tout ce qui n'est pas autorisé est interdit. Et tout
ce qui n'est pas interdit est obligatoire.

*

Il paraît que la crise rend les riches plus riches et les
pauvres plus pauvres. Je ne vois pas en quoi c'est une
crise. Depuis que je suis petit, c'est comme ça.

*

C'est fabuleux ! L'usine va virer la moitié des effectifs et qu'est-ce qu'ils font, les syndicats ? Ils font la grève ! Les patrons n'ont déjà plus à payer les ouvriers, mais, en plus, à partir de maintenant, ils gagnent la différence. Soyez gentils, faites la grève le plus vite possible quand on vous parle de licenciements ! Comme ça, les patrons gagneront la différence.

*

Ce serait raciste de penser que les étrangers n'ont pas le droit d'être cons.

*

Il semblerait que le préservatif soit un très bon emblème politique. Il jugule l'inflation, il permet quand même l'expansion, il limite la surproduction et il offre une impression de sécurité satisfaisante.

*

La guerre de 14, c'était pas des vacances ! Heureusement dans un sens, parce qu'il a pas fait beau.

*

Quand je suis en Italie, je me sens bien. La grande différence avec les Français, c'est que les Italiens sont de bonne humeur. Moi, je ne suis pas connu en Italie, je ne parle pas bien italien, mais si je rentre dans un magasin et que je déconne, ils rigolent. En France, le mec, s'il n'a pas de revolver, il appelle le boucher.

*

L'argent ne fait pas le bonheur des pauvres. Ce qui est la moindre des choses.

*

L'événement politique du siècle, c'est que la Chine a acheté du Coca-Cola et que les bouteilles sont consignées en Amérique.

*

Si tous ceux qui n'ont rien n'en demandaient pas plus, il serait bien facile de contenter tout le monde.

*

SIDA : Sauvagement Introduit Dans l'Anus.

*

Les sportifs, le temps qu'ils passent à courir, ils le passent pas à se demander pourquoi ils courent. Alors, après on s'étonne qu'ils soient aussi cons à l'arrivée qu'au départ !

*

Moi j'ai pas connu le Christ, parce qu'il n'y a pas longtemps que je suis dans le show-business.

*

Le prix de l'or augmente. Pauvres, achetez vite de l'or.

*

Le sida peut aussi s'attraper sur les toilettes. Mais c'est pas là que c'est le plus confortable.

*

Il y a deux sortes de justice : vous avez l'avocat qui connaît bien la loi, et l'avocat qui connaît bien le juge !

*

La crise, elle n'a que dix ans ! Elle peut encore grandir ! Et puis, à dix ans, on n'est pas responsable.

*

La différence entre un idiot riche et un idiot pauvre : un idiot riche est riche, un idiot pauvre est un idiot.

*

Les flics ont besoin d'air, il ne faut pas hésiter à leur ouvrir la bouche.

*

La drogue fait 100 morts par an en France, l'alcool fait 50 000 morts, choisis ton camp, camarade.

*

Cinquante-sept policiers à jeun manifestaient cette semaine pour obtenir de meilleures conditions de travail. Ils déplorent notamment d'être détestés par le public à cause, je cite : « des voyous, des imbéciles illettrés, des débiles profonds et autres assassins, racketteurs et marchands de drogue qui composent actuellement la police ». Ils ont aussitôt été interpellés par les trente mille autres policiers parisiens qui, eux, n'étaient pas d'accord.

*

Combien il y a de gens qui travaillent à la Sécurité sociale ? Un sur quatre !

*

Il y a deux trucs qu'il faut pas rigoler avec : les vêtements, la nourriture et l'honnêteté du gouvernement.

*

J'ai lu ça dans un journal à grand tirage... très pratique pour allumer le feu.

*

J'aurais aimé travailler dans l'Administration. Mais rester toute la journée à rien foutre, c'est trop dur.

*

Sida : y a pas de solution ! Les rats de laboratoire refusent de s'enculer !

*

Superbénéfice de deux sociétés françaises ! Quatre fois plus de chiffre d'affaires cette année que l'année dernière ! C'est les pauvres qui vont être contents de savoir qu'ils habitent un pays de riches !

*

La guerre, faut pas s'y fier. Tu vois le jeu de mots. Faut pacifier !

*

La hausse du pétrole entraîne des inquiétudes chez les handicapés-moteurs.

*

La jeunesse a le grand tort de se croire indispensable : mais sans les personnes âgées, il n'y aurait pas de jeunes !

*

La liberté, c'est un mot qui a fait le tour du monde, et qui n'en est pas revenu.

*

Moi, j'suis pas raciste, hein ! J'ai même des disques de Sidney Bechet !

*

À part la poêle Tefal qui représente un progrès par rapport à la poêle ordinaire, qu'est-ce qui s'est passé en France depuis trente ans ?

*

Pauvres vieux. Comme avant chaque élection présidentielle, la retraite des vieux augmente un petit peu. Malheureusement, l'inflation augmente beaucoup. À ce rythme-là, dans sept ans, vaudra mieux être mort que vieux.

*

Plusieurs cas de rage signalés dans la police. On aurait vu baver des policiers. On préconise l'ablation du pistolet.

*

À quinze ans, on s'est demandé ce qu'on allait foutre dans la vie. Les uns pensaient voleurs, les autres commerçants, puisque les commerçants sont des voleurs qui ont le droit de l'être.

*

Après Mai 68, la seule chose qu'ils ont trouvé à faire, c'est goudronner les rues de Paris. Ils sont quand même pas malins, les mecs qui tiennent le haut du pavé !

*

Le sida, c'est l'injustice sociale par excellence : on peut même plus faire l'amour entre pauvres.

*

La police, c'est un refuge pour les alcooliques qu'on n'a pas voulus à la SNCF et aux PTT.

*

Le changement, c'est quand on prendra les Arabes en stop.

*

Les artichauts, c'est un vrai plat de pauvres. C'est le seul plat que quand t'as fini de manger, t'en as plus dans ton assiette que quand t'as commencé !

*

Les dirigeants ont promis qu'ils tiendraient bien leurs promesses. Entendez par là qu'ils ne sont pas près de les lâcher.

*

.

Un flic, ça devrait être un pote qui te ramène à la maison quand il te trouve bourré dans la rue.

*

Sur un Français interrogé, un est d'accord.

*

Technocrates, c'est les mecs que, quand tu leur poses une question, une fois qu'ils ont fini de répondre, tu comprends plus la question que t'as posée.

*

La police évacue trois radios libres : il faudra penser à les appeler autrement !

*

Commencez la Révolution sans nous. On préfère être cons et vivants que morts et pleins d'idées.

*

Dans les manifs, rien ne sert de partir à point, il faut courir.

*

Avant, les mecs qui mettaient de l'argent de côté, on disait d'eux : « C'est des avares ! » Maintenant, c'est des phénomènes.

*

Baisse surprise du seuil de la pauvreté absolue. Plusieurs pauvres ruinés.

*

Bavures :
Contrairement à la police, l'erreur est humaine.

*

« Un chien a mordu une vieille dame. » Vous vous rendez compte de la vie de ces pauvres bêtes : être obligé de manger des vieux ! L'horreur !

*

Un crédit personnalisé à long terme, c'est un prêt, si vous voulez, mais de loin... et à long terme, ça veut dire que moins tu peux payer, plus tu payes.

*

Tiers-monde : la soif touche à sa faim.

*

Les Français ne sont pas forts dans le sport. Savez-vous pourquoi ils ont choisi le coq comme emblème ? C'est parce que c'est le seul oiseau qui arrive à chanter les pieds dans la merde !

*

Un alcoolique, c'est quelqu'un que vous n'aimez pas et qui boit autant que vous.

*

Dieu a dit : « Il faut partager. » Les riches auront la nourriture, les pauvres de l'appétit.

*

La misère du monde n'est pas de dimension humaine.

*

Les jeunes, on n'arrête pas de les embêter dans la rue. On leur demande toujours leurs papiers comme si les jeunes, ils avaient moins de papiers que les autres.

*

Voleur, c'est plus un métier d'avenir : maintenant c'est les flics qui tirent.

*

Il a un képi trop petit, ça y serre la tête. Ça empêche la tête de se développer. Ceux qui ont des képis, c'est pour ça qu'ils sont bêtes.

*

Les syndicats, c'est fait pour donner raison à des gens qui ont tort.

*

Tout sera prêt en Bretagne pour les vacances : j'irai moi-même soit à Trégazoil soit à Ploumazout !

*

Très souvent, le médecin guérit la maladie et finit pourtant par tuer le malade.

*

La société, c'est une chaîne : salut les maillons !

*

Quand on pense qu'ils nous font chier avec la Sécurité sociale qui est en déficit, alors que le ministre de la Santé n'est même pas médecin, on est en droit de se poser la question : y a-t-il une vie avant la mort ?

*

La misère, c'est comme un grand vent qui vous déferle sur la gueule et qu'arrête pas de souffler toujours dans la même direction. Le problème, c'est d'essayer de faire quelque chose pour éviter de se faire renverser. La prendre de côté, par exemple, comme le torero qui se met de profil pour que la mort ne lui rentre pas dedans.

*

Les Français sont des consommateurs d'emmerdements.

*

Les gardiens de la paix, au lieu de la garder, ils feraient mieux de nous la foutre !

*

Des fois, on a plus de contact avec un chien pauvre qu'avec un homme riche.

*

Police :

Si on peut plus donner des coups de poing dans la gueule, des coups de pied dans les couilles et des coups de genou dans les fesses, comment voulez-vous qu'on interroge ? Des fois, ils ne parlent même pas notre langue.

*

Pour ces messieurs, la moralité devient rigide quand le reste ne l'est plus.

*

Un banquier suisse m'a envoyé pour les Restaurants du Cœur un chèque sans le signer en me disant qu'il voulait rester anonyme.

*

Un chef, c'est un type qui a une mentalité d'employé mais qui ne veut pas le rester.

*

Proverbe :
Quand il pleut des roubles, les malchanceux n'ont pas de sac.

*

Qu'est-ce que c'est que ces Portugais qui viennent retirer le pain de la bouche à nos Arabes !

*

Quant à savoir si on peut vivre décemment avec un salaire d'ouvrier russe, on n'en sait rien : personne n'a jamais essayé.

*

Désormais, tous les étrangers qui viendront en France pour apprendre le français devront être en mesure de prouver qu'ils le parlent.

*

Tu sais ce qu'il faut pour faire un bon flic ? Un jeu de cartes et un décapsuleur.

*

Journal des cons et des malcomprenants :
Deux flics se sont fait tabasser. Ce n'est pas une information... mais ça soulage !

*

Je ne suis pas raciste mais il y a trop de Chinois ! Il faut leur apprendre l'homosexualité.

*

Je n'ai rien contre les étrangers. Le problème, c'est que, d'une part, ils parlent pas français pour la plupart... Et selon le pays où on va, ils parlent pas le même étranger.

*

La France pourrait détruire 80 % de l'URSS, si elle voulait. Mais elle veut pas, parce que les 20 % qui restent sont encore vingt fois plus nombreux que nous !

*

Les homosexuels ne se reproduisent pas entre eux et pourtant ils sont de plus en plus nombreux.

*

Les immigrés sont venus chercher du chômage en France ; tellement que c'est pauvre dans leurs pays, y a même pas de chômage.

*

J'entends tout le temps dire : « Ouais, le Français... c'est un gros con raciste ! » D'abord, ceux qui disent ça, c'est pas tous des Français !

*

Je connais bien les chômeurs, ils ont tellement honte, ils votent communiste pour se faire passer pour des travailleurs.

*

On a fait des stages de dressage à la gendarmerie pour notre chien. C'est très bien parce qu'en même temps on apprend les langues. On apprend l'allemand pour le chien, et puis l'arabe pour le mec !

*

Les camps de camping, c'est quelque chose ! C'est un truc qui pue, qui coûte cher, où les gens s'entassent par plaisir et que si demain ils étaient obligés d'y aller, ils gueuleraient comme jamais !

*

Les pauvres sont des gens comme nous, sauf qu'ils n'ont pas d'argent.

*

La vulgarité, c'est quand un chanteur parle de sa feuille d'impôts, au président de la République lorsque celui-ci l'invite à déjeuner.

*

Les mecs tabassés par les flics, ils peuvent porter plainte. Remarque, faudrait qu'ils viennent au commissariat pour porter plainte. Je les plains, les mecs.

*

Je suis flic. Ma femme me dit toujours :
— Tu as signé sans réfléchir.
Et alors ? Les autres ont fait pareil. Si on avait réfléchi, on n'aurait pas signé. Faut pas nous prendre pour des cons, quand même !

*

Mettons que les sportifs arrêtent le doping. On aura l'air malin, nous, devant nos téléviseurs à attendre qu'ils battent les records, hein ! Et puis le Tour de France, pour arriver le 14 juillet, il faudra qu'il parte à Noël !

*

Météo : risque de grève et de chômage dans le Nord, à l'est, au centre et à l'ouest. Coup de vent sur la Bretagne où de forts pétroliers sont à craindre. Risques d'émeutes dans le Sud et en Corse avec attentats passagers de force 6-7.

*

Gagner sa vie ne vaut pas le coup, attendu qu'on l'a déjà. Le boulot y en a pas beaucoup, faut le laisser à ceux qui aiment ça.

*

L'économie française est mise en déséquilibre par les grèves ouvrières, donc la solution, pour sauver la France, est de supprimer les ouvriers.

*

Bonne nouvelle pour les malades : le prix de la mort augmente. Ils n'auront bientôt plus les moyens de crever.

*

Changez la France : chômeurs, devenez patrons !

4

LES GENS,
LES STARS,
LES FEMMES,
LE SEXE

Cinq millions et demi de conducteurs français ont une mauvaise vue. Heureusement, leur nombre diminue de jour en jour.

*

Quand un artiste dit qu'on ne lui a pas donné sa chance, il devrait aussi compter le nombre de fois où la chance s'est déplacée pour rien.

*

Si Dieu n'existait pas, les catholiques l'auraient inventé.

*

Puisqu'on ne peut plus rien dire sans vexer les uns ou les autres, je ne dirai plus rien, ni contre l'armée ni contre personne. Je ne m'en prendrai désormais qu'aux sourds... Oui, j'emmerde les sourds !

*

Comme ils disent à Varsovie : Boire ou conduire ? ... De toute façon, on n'a pas de voitures.

*

Deux sortes de gens me font rire : ceux qui le font exprès et ceux qui font sérieusement des choses sérieuses.

*

En Suisse, un homme dans la rue s'est soudain retourné et a écrasé violemment un escargot. Interrogé par la police, il a déclaré : « Ça fait des heures qu'il me suivait. »

*

Gainsbourg, il fait des mélodies pour plaire à ceux qui aiment ses mélodies, et il se rase pas, il est bourré, pour faire parler tous ceux qui le détestent.

*

Pour faire un mauvais musicien, il faut au moins cinq ans d'études. Tandis que pour faire un mauvais comédien, il faut à peine dix minutes.

*

Vous savez ce que je pense des cons qui écoutent la musique au garde-à-vous ? La réponse est contenue dans la question.

*

Il paraît que pour faire un disque, il faut coucher avec le producteur. Tu vois la gueule du producteur qui a fait faire un disque à Sim !

*

Il picole trop. Rien qu'avec ce qu'il renverse, on pourrait ouvrir un bistrot !

*

Information : le Milieu a tué un parrain. C'est bien. Deux par deux, ce serait mieux.

*

Les psychiatres, c'est très efficace. Moi, avant, je pissais au lit, j'avais honte. Je suis allé voir un psychiatre, je suis guéri. Maintenant, je pisse au lit, mais j'en suis fier.

*

Avec ma femme, on a des relations sexuelles. Mais dans l'ensemble y viennent pas souvent.

*

Monsieur Boussac était « tissu » d'une famille riche alors que la femme à barbe était « hirsute » d'une famille pauvre.

*

On dit toujours qu'on peut pas être et avoir été. Eh ben, j'en connais un, dis donc, il a été con, et il l'est encore.

*

Papamobile : immatriculée Conception. Un pape au-dessus, seize soupapes en dessous.

*

À propos de Line Renaud :
Quand elle va chanter au Canada, elle fait un malheur, quand elle revient, elle en fait un aussi. Un malheur n'arrive jamais seul !

*

Je suis obligé d'envoyer des potes au bistrot pour savoir comment les gens vivent. Si j'y vais moi-même, ils me regardent comme s'ils découvraient l'intérieur de la télé et ils se taisent pour me laisser parler.

*

Jeanne d'Arc, c'était pas une affaire. Deux mètres vingt. Rien qu'assise, il fallait lui monter à manger. Elle entendait des voix, des voix de garage!

*

L'homme qui a eu le moins de chance dans sa vie : Youri Gagarine. Il est parti d'URSS, il a fait dix-sept fois le tour de la Terre, il est retombé en URSS.

*

La Suisse, c'est propre. On ne peut pas attraper de maladies en Suisse, on ne peut y attraper que des médicaments.

*

Le bouquin de Rika Zaraï est super. Moi, je fais des dîners chez elle, c'est que de l'herbe. Avant de passer à table, elle dit toujours : « Dépêchez-vous, le dîner va faner! »

*

Le pape ? La colombe de la paix dans une cage blindée.

*

Les catholiques existent pour acheter au détail ce que les juifs n'achètent qu'en gros.

*

Les lames Gillette avaient produit une lame inusable. Évidemment, gros succès. Ils ont coulé tous les concurrents et au bout d'un moment, fin du coup ! Tout le monde en avait une ! Eh bien, mon pote, ils ont fait une campagne de pub pour dire : « Ramenez-moi votre lame Gillette, je vous en donne deux ! » Tu te rends compte ! Les mecs se sont laissé faire. Ils avaient une lame inusable, ils l'ont changée pour en avoir deux. C'est balaise !

*

J'ai rencontré un type complètement bourré assis sur le bord d'un trottoir. Je lui ai demandé ce qu'il faisait. Il m'a répondu : « Puisque la Terre tourne, je veux attendre, là, que ma maison passe. »

*

Le milieu du show-biz est absurde : il faut avoir du succès pour qu'on te donne une chance d'avoir du succès.

*

Le hasard fait bien les choses ? J'en connais un, il a pas dû être fait par hasard, alors.

*

Le pape a fait quarante mille personnes de moins au Bourget que Bob Marley. Et le pape, c'était gratuit.

*

Bizarre, Mgr Lustiger... Toujours en robe et jamais de sac à main !

*

Bousculade au Brésil autour de Jean-Paul II : six morts. Six pauvres soulagés de leur misère. Merci Dieu.

*

Si la méchanceté suffisait pour faire fortune, il y a beaucoup de journalistes qui seraient célèbres.

*

T'es largement assez beau par rapport à ce que t'es intelligent ! Ah ! t'as même de la marge !

*

Tous les mecs qui croient en Dieu croient que c'est le seul. C'est même de là que vient l'erreur.

*

Un Belge est mort en buvant du lait. La vache s'est assise.

*

Avec les gonzesses, j'ai pas de chance. Chaque fois que j'en rencontre une, ou c'est elle, ou c'est moi qu'est marié !

*

Un militaire qui meurt dans son lit, ça fait ? Un de moins !

*

Un sportif français qui gagne est un Français. Un sportif français qui perd est un sportif, pour ne pas dire plus.

*

Brigitte Bardot qui nous gonfle avec ses bébés-phoques ! Je lui dis, moi je fais du 41 en bébé-phoque ! Si t'en trouves deux pareils, je ferai scier les pattes, je ferai installer des fermetures Éclair !

*

Deux clochards, l'un demande à l'autre :
— Comment tu fais pour avoir des ongles aussi sales ?
L'autre dit :
— Je me gratte.

*

C'est sûr qu'il y a des filles qui se font baiser par les producteurs, pour réussir, mais elles ne réussissent qu'à se faire baiser... C'est tout ce qu'on leur connaît comme réussite ! Celles qui ont réussi se sont fait baiser aussi, c'est bien la preuve que c'est pas un critère.

*

Vous savez la différence qu'il y a entre une grand-mère italienne et un éléphant ? Environ 10 kilos.

*

Yannick Noah rechigne toujours à monter au filet parce que ça lui rappelle sa capture.

*

Un juif raconte à son copain : « Je suis en train d'écrire mes mémoires. » L'autre : « Par hasard, t'en serais pas au moment où tu m'as emprunté dix sacs ? »

*

Un mec, pas tibulaire, mais presque.

*

Le pape ne croit pas en Dieu ; vous avez déjà vu un prestidigitateur qui croit à la magie, vous ?

*

Vous connaissez les trois fêtes juives les plus importantes ? Le Yom-Kippour, Roshanana et le Salon du prêt-à-porter.

*

J'ai un copain qui a attrapé une myxomatose avec une fille qui avait un bec-de-lièvre.

*

Je l'ai pas violée. Violer, c'est quand on veut pas. Moi, je voulais !

*

Les femmes seront les égales des hommes le jour où elles accepteront d'être chauves et de trouver ça distingué.

*

Gynécologue, c'est un métier pour les sourds : y a rien à entendre et tu peux lire sur les lèvres.

*

Elle n'était pas vraiment très réussie :
– On ne vous a jamais dit que vous ressembliez à Catherine Deneuve ?
– Non.
– C'est normal.

*

Chez ma grand-mère, tout le monde faisait sa prière avant de bouffer. Faut dire que la bouffe était tellement dégueulasse.

*

– Je viens vous demander le vagin de votre fille.
– Vous voulez dire la main ?
– Non, si c'est pour faire ça avec la main, j'ai la mienne !

*

Des nouvelles du sexe : on enregistre un net durcissement de la situation.

*

Dieu a créé l'homme à son image, et la gonzesse à l'idée qu'il s'en faisait, ça peut paraître dégueulasse, mais ça partait d'un bon sentiment.

*

Elle a un beau cul et un mauvais caractère. Malheureusement on lui voit plus souvent le caractère que le cul. C'est-à-dire que son meilleur profil, si vous voulez, elle est assise dessus.

*

Elle est âgée, elle se fait tout le temps charrier, parce que maintenant, quand c'est son anniversaire, il y en a pour plus cher en bougies qu'en gâteau !

*

Les femmes sont doublement baisées : pour faire un pédé, il faut deux mecs.

*

L'âge ingrat, chez les filles, c'est quand elles sont trop grandes pour compter sur leurs doigts et trop petites pour compter sur leurs jambes.

*

L'avantage des camps de nudistes, c'est que quand un mec arrive devant une gonzesse pour lui dire : « Je vous aime », elle peut répondre : « Oui monsieur, je vois. »

*

Le mariage, la confiance n'y est pas. Il faut des témoins, comme dans les accidents.

*

Le sexe, c'est mal. Bite, c'est un gros mot, même si c'est une petite bite ! Couilles c'est deux gros mots car c'est assez rare que l'on n'ait qu'une couille !

*

Les femmes préfèrent les hommes qui les prennent sans les comprendre aux hommes qui les comprennent sans les prendre.

*

Je me souviens qu'à l'école, la maîtresse nous demandait de dessiner ce que nous voulions faire quand nous serions grands. Quand je serais plus grand, je voulais baiser ; j'allais quand même pas lui faire un dessin !

*

Les mecs de vingt ans sont très bourgeois. Il y en a même qui se marient tellement ça n'est plus la mode !

*

Les prostituées sont des femmes qui ont très vite compris que leurs meilleures amies étaient leurs jambes et qu'il fallait très souvent écarter ses meilleures amies.

*

Pauvre, moche et grosse : y en a qui exagèrent !

*

Qu'est-ce qu'on vend comme beurre depuis *Le Dernier Tango à Paris !* « Char-entes-Poi-tou ! Ça-ren-tre-par-tout ! »

*

Quand il y a une idée à émettre sur le sexe, je suis toujours pour que le sexe soit nu. La Vieille France voudrait plutôt qu'on le cache. Moi, je pense que s'ils veulent cacher leur sexe, c'est qu'ils l'ont petit.

*

Sa femme a été ultra-violée par des rayons X. Elle a porté plainte contre X.

*

Savez-vous quelle différence il y a entre « Aah ! » et « Oooooh... » ? Réponse : environ cinq centimètres.

*

Si jamais vous avez couché avec une bonne sœur de moins de soixante ans, c'était un pingouin.

*

Peyrefitte, on le met en épouvantail au milieu d'un champ, les oiseaux ramènent les graines.

*

Quand les gangsters ont relâché le baron Empain, il a été obligé de prendre le métro. Ce sont ses grands-parents qui ont financé en grande partie le métro en 1900. Il a eu de la chance. Si sa famille avait investi dans le canal de Suez, il aurait été obligé de rentrer à la nage.

*

Les journalistes, ils viennent quand une pièce a beaucoup de succès. Seulement, une fois que ça marche, on n'a plus besoin d'eux.

*

Transsexuel : moi, je veux bien changer de sexe. Mais à condition qu'on m'en donne un plus gros.

*

Si les journalistes étaient funambules, il y aurait une forte mortalité dans la profession.

*

Rika Zaraï, elle fait de mal à personne : les seuls qu'elle a rendus malades, ce sont les médecins.

*

Y a aucune raison pour que les gens se fassent la gueule dans la rue : y se connaissent pas, hein !

*

La chanson est une industrie parce qu'une poignée d'imbéciles a réussi à être moins con que le reste !

*

Danyel Gérard, il avait le choix entre le chapeau de Bob Dylan et le talent de Bob Dylan... D'après vous, il a pris quoi ? Le chapeau !

*

Le pape visite les pays arabes : ça me ferait marrer qu'on lui pique sa mobylette !

*

Le pape annonce qu'il n'ira pas à Lourdes parce qu'il est malade. C'est formidable, non ? Les gens, eux, y vont justement parce qu'ils sont malades.

*

Il paraît que Danièle Gilbert est moins conne qu'elle en a l'air. Il faut dire qu'elle a tellement l'air conne que l'inverse paraît impossible !

*

Sont vulgaires les mecs qui chantent l'amour devant tout le monde et se cachent pour le faire.

*

En France, dans l'ensemble, on fait encore la différence entre un émir et un Arabe.

5

LUI-MÊME

À un moment, je me suis dit : je préfère être clochard que travailler. C'est à ce moment que j'ai pu devenir artiste.

*

Ça me fait marrer quand on dit que les gens parlent comme moi. C'est moi qui parle comme eux ! Je leur ai tout piqué, je leur pique tout. Ils sont ma seule inspiration.

*

Ce n'est pas difficile, d'être une vedette. Ce qui est difficile, c'est d'être un débutant.

*

Il ne faut pas entrer sur scène en se disant :
« Combien ils sont ? Combien je vais gagner ? »
Sinon, un soir, on se surprend à compter les pompiers
de service.

*

J'ai essayé toutes les drogues, le hasch, l'héroïne...
j'ai même goûté au Martini.

*

Ce que je peux dire sur les uns et les autres : si ça
amuse les uns, tant mieux ; si ça fâche les autres, tant
mieux !

*

Un jour je me suis dit qu'il fallait absolument que
j'aille voir ailleurs si j'y étais. Sans rire ! C'était ma
seule chance de me trouver.

*

Chaque fois que je décris un imbécile, c'est moi.

*

J'ai eu comme professeur le doyen de la Faculté, qui les avait plus, d'ailleurs, ses facultés. C'est un type, il nous vendait de l'intelligence, il en avait pas un échantillon sur lui !

*

Franchement, je suis capable du meilleur comme du pire, mais, dans le pire, c'est moi le meilleur.

*

Hélas ! On n'est pas sûr que lorsqu'une critique est mauvaise, le spectacle soit bon !

*

J'ai fait comme on m'a demandé : deux enfants virgule trois. J'en ai eu trois, j'ai pas trouvé la virgule.

*

Les gens se déplacent pour me voir. Ils paient, et après ils disent : « Tout seul sur scène pendant une heure et demie ! Tout de même ! Il est formidable ! » Et pourtant, si les gens n'étaient pas venus, je ne serais pas resté.

*

Ma grand-mère disait toujours qu'il faut boire un Ricard avant chaque repas pour ne jamais être malade. C'est vrai, mon grand-père était toujours en pleine forme. Il faut dire qu'il avait trois bons mois d'avance.

*

J'ai goûté à tout ce qui existe, sauf erreur ou omission de ma part.

*

Heureusement que tout le monde ne fait pas comme moi. Ça serait un de ces bordels, le monde ! D'ailleurs, c'est un beau bordel, hein ! Je me demande si tout le monde ne fait pas comme moi !

*

Il paraît que je suis démagogue. La diplomatie ressemble beaucoup à la démagogie. La première est une qualité, l'autre un défaut.

*

J'ai mis dans une enveloppe ce que je mettrai sur mon épitaphe en partant, c'est : « Démerdez-vous ! »

*

Charlie Hebdo et moi, on donne l'impression d'avoir inventé le dérisoire, alors qu'on est nés dedans !

*

Comédien, c'est un métier qui s'apprend à partir de soi-même. Ça a un nom de maladie : égocentrisme.

*

De profil, je suis assez amusant, de face je fais carrément rire, et de dos, je passe inaperçu !

*

Le succès, ça rend modeste quand t'es pas trop con. Et grâce à lui, tu rencontres des tas de surdoués qui n'y accèdent jamais.

*

Les comiques ne sont jamais drôles dans la vie, sauf moi.

*

J'ai toujours pensé qu'il fallait être gros pour réussir ! En France, seuls les gros sont marrants.

*

J'aime jouer du violon avec des gants de boxe. Parce que quand on les enlève, c'est plus facile.

*

La popularité, c'est comme le parfum. Un peu, c'est agréable. Faut pas tomber dans le bocal. Sinon ça devient une odeur. On la trimbale partout.

*

Je voudrais lancer sur le marché, et sur tous les panneaux d'affichage, la « Lessive Ordinaire ». Toutes les autres lessives disent : « Notre lessive est beaucoup mieux que la lessive ordinaire. » En cette époque de publicité comparative, je leur ferais à tous des procès que je gagnerais ! Je vais aussi écrire un livre. Il s'appellera *Achetez mon Livre*.

*

Ma mère me disait : « Si tu sors dans la rue, fais bien attention qu'il ne t'arrive rien. » Mais s'il ne t'arrive rien, c'est ce qui peut arriver de pire quand t'es môme.

*

Quand on me fait chier, j'envoie pas l'avocat, mais mon poing dans la gueule. Pas besoin de sous-titres.

*

Si j'ai l'occasion, j'aimerais mieux mourir de mon vivant !

*

J'aimerais bien faire une carrière américaine. Parce qu'il y a deux choses avec lesquelles il ne faut pas plaisanter dans la vie, c'est l'argent et les dollars.

*

J'arrêterai de faire de la politique quand les politiciens arrêteront de faire rire.

*

Quand je serai grand, je voudrais être vieux !

*

On peut toujours trouver plus con que soi. Regardez-moi !

*

Mon père voulait que j'aille à l'école. Bon, j'y vais. J'arrive, je vois « RALENTIR ÉCOLE ». Ils ne croyaient tout de même pas qu'on allait y aller en courant !

*

Pour mon enterrement, moi, de toute façon, je suis peinard. J'ai demandé à mon imprésario Lederman de s'occuper des invitations. Je sais qu'il y aura du monde.

*

Qu'est-ce que vous écrirez sur votre pierre tombale ?
Je sais pas, je réfléchirai quand je serai malade.

*

Quand j'étais petit à la maison, le plus dur c'était la fin du mois. Surtout les trente derniers jours !

*

Je n'ai jamais été simple. Je ne vois pas pourquoi la gloire me ferait changer.

*

Je ne suis pas allé partout, mais je suis revenu de tout.

*

Mon seul domaine à moi, c'est la vie, je ne connais rien d'autre.

*

On m'a dit que pour réussir dans le cinéma, il fallait coucher avec le metteur en scène. J'ai bien essayé mais, enfin, ceux qui voulaient, ce n'étaient pas les meilleurs.

*

Ma mère nous habillait pareil, avec ma sœur. Elle voulait qu'on soit impeccables. Une spécialité de pauvres. Comme avoir de grandes idées.

*

Je suis allé à l'école jusqu'à treize ans, j'ai raté le certificat d'études primaires, parce que l'expression ne me plaisait pas. Je ne voulais pas posséder un truc primaire.

*

Si on voulait me décerner la Légion d'honneur, j'irais en slip pour qu'ils ne sachent pas où la mettre.

*

Mon père dépensait beaucoup d'argent, parce qu'il voulait que je fasse des études. Parce que ça coûte vachement cher, les études ! Et encore, je faisais gaffe, j'étais un de ceux qui étudiaient le moins !

*

Je n'ai jamais été malade en mangeant. Jamais. Le jour où je serai malade en mangeant, je m'arrête de travailler, parce que je travaille pour manger !

*

On m'engage à la radio. On me paie très cher et on me vire pour les mêmes raisons que l'on m'avait engagé.

*

Si un jour je n'ai plus de succès, eh bien... je pourrai toujours être un mauvais comédien. C'est ce que j'étais avant !

*

Le directeur d'école, on l'appelait Tarzan parce qu'il était bossu. C'est cruel, les enfants.

*

Un gag toutes les quatre secondes, c'est une chute. Toutes les huit secondes, c'est un effet, toutes les douze secondes... c'est un bide.

*

Vous savez comment c'est, notre métier, quand on fait un bide, tout le monde sait pourquoi, quand on fait un succès, personne ne sait pourquoi.

*

Tout ce qui m'intéresse, soit ça fait grossir, soit c'est immoral !

*

J'ai pas le cancer. Pour une raison simple, c'est que j'ai pas vérifié.

*

Pendant mon service militaire, mon corps d'armée c'était la prison.

*

Mes parents? Ils n'étaient pas très bons catholiques. Y se sont dit : si on le baptise, il fera sa communion et s'il fait sa communion, faudra lui acheter une montre. Alors, pas de baptême.

*

Mon psychiatre, pour quinze mille francs, il m'a débarrassé de ce que j'avais : quinze mille francs.

*

Je suis emmerdé : je suis peut-être un grand peintre et je ne le sais pas.

*

Je tiens à dire que l'argent fait le bonheur.

*

Mon grand-père est mort dans des souffrances ter-
ribles. Il disait au médecin : « Je souffre, docteur, je
souffre. Laissez-moi mourir. » L'autre lui dit : « Mais
je vous en prie, j'ai pas besoin de conseils, je connais
mon métier. »

*

Tous les soirs, je me dis que dans le tas des mecs qui
se marrent, y en a forcément quelques-uns qui
devraient pas se marrer du tout. Ce que je raconte,
c'est quelquefois triste, au fond. Mais surtout c'est le
contraire des convictions de quelques-uns. Tiens,
l'autre soir, y avait une bonne femme au ras de la
scène. J'ai entendu ses réflexions. Elle était heureuse
parce qu'elle pensait : « Voilà enfin un type qu'a pas
peur de dire leurs quatre vérités aux étrangers qui
vivent en France. » Et moi, justement, qui me crève
pour faire rire aux dépens des gens comme cette
bonne femme-là ! Ça rend modeste, des trucs pareils.

*

L'art du comique, c'est donner l'impression qu'on fait n'importe quoi quand on a travaillé dix heures sur une mimique ou une phrase.

*

En général, un comique trouve un truc et il fait vingt ans avec. Je trouve que ce n'est pas gai comme perspective. C'est comme ça qu'on vieillit, en gardant son âge d'origine.

*

Le véritable artiste, c'est celui qui dure. Parce que, dans le métier, pour avoir du génie, faut être mort ; pour avoir du talent, faut être vieux, et quand on est jeune, on est des cons.

*

Avant, j'étais fleuriste, garçon de café... Je travaillais, quoi ! Dans le music-hall, tout le monde a fait plusieurs métiers puisqu'on ne peut pas apprendre à faire du music-hall, on est obligé d'y venir par hasard. Mon hasard, c'est que je me suis aperçu qu'il y avait des patrons et que je ne parvenais pas à bien m'entendre avec ces gens-là.

*

Avec la tronche que j'ai, je peux me permettre d'être très méchant sur scène. On pardonne tout à un bon petit gros.

*

Pour critiquer les gens, il faut les connaître et pour les connaître il faut les aimer.

*

Ceux qui me reprochent de me moquer des infirmes sont ceux qui voudraient que les infirmes n'existent plus. Moi, en rigolant, je dis qu'ils existent.

*

Les critiques sont de vieux imbéciles incapables de faire un autre métier alors que la majorité des artistes sur le retour pourraient très bien devenir critiques !

*

Si le théâtre avait dû faire comprendre aux gens la réalité de la bêtise, Molière y serait arrivé avant nous.

*

Mon personnage de petit gros, je ne l'ai pas entièrement fabriqué. J'avais tendance à la bouffe, alors quand j'ai eu des ronds, je suis devenu rond.

*

Il n'y a que les choses sérieuses qui sont drôles. Dès qu'un mec dit quelque chose de sérieux, on peut déjà se foutre de sa gueule.

*

Ça change la vie, d'être vedette. Énormément. Vous n'avez pas moins d'amis, mais davantage d'ennemis.

*

Comment je suis devenu « artisse » ? Si j'avais rencontré Picasso, j'me s'rais sûrement mis à la peinture à ce moment-là... Mais j'ai rencontré Romain Bouteille.

*

J'ai décidé de devenir comédien à vingt-deux ans. C'est alors que j'ai commencé à aller au cinéma. Et à faire quelques constatations. Jean-Paul Belmondo, quand il est sur l'écran, tout ce qu'il fait est intéressant. Le gars qui lui donne la réplique, tout ce qui lui arrive, on s'en fout. Donc, Belmondo est une vedette, et l'autre gars n'est qu'un comédien. J'ai donc cherché ce qui différenciait la vedette du comédien. Les yeux étaient très importants... Et je me suis dit : faut essayer de copier une vedette, de lui piquer ses trucs. Pas Belmondo, bien sûr, avec ma tête... Alors une autre. Et comme j'avais trouvé les yeux très importants, je suis allé, tous les jours, voir tous les films de Liz Taylor, et je lui ai absolument tout piqué. Évidemment, c'est impossible à voir, surtout aujourd'hui où je l'ai beaucoup transformée, mais tous ses tics, je les ai gaulés.

*

La méchanceté et la grossièreté sont des partis pris. Accessibles à tout le monde, qui soulagent tout le monde. La méchanceté et la grossièreté sont les armes de la simplicité.

*

Dès que je me rends compte qu'un journaliste ne saura pas quoi dire sur moi, je l'engueule et je le vire. Comme ça, au moins, il aura quelque chose à raconter. Et puis, si ça se trouve, il allait me faire un petit article. Au lieu de ça, sur un coup de colère il va m'en faire un gros pour m'insulter. C'est ça qu'est bien.

*

Tout le monde a des idées : la preuve, c'est qu'il y en a de mauvaises.

*

À l'école, j'ai pas appris grand-chose, j'ai fait une seule faute à la dictée du certificat d'études, le matin, alors j'y ai pas été l'après-midi, j'suis allé au ciné voir Marilyn. Je ne pourrais pas vous dire quel film c'était, on regardait que son cul et ses seins.

*

Parfois, il suffit de relire ou de redire à haute voix ce qu'a dit un type sans rien changer et on fait rire toute une salle.

*

Romain Bouteille, ça a été une sorte de père. Ce que je ne lui ai pas piqué, il me l'a appris.

*

À partir du moment où on a un « crédit comique », on peut faire rire rien qu'en lisant le journal. « C'est écrit là », je leur dis, parfois, certains soirs ! Sur la même page d'un journal, le soir de la mort du pape, il y avait une pub : « Grande braderie au marché Saint-Pierre. »

*

Y a rien de pire que d'avoir vingt ans et des idées : tout le monde les trouve mauvaises.

*

La grossièreté vise à choquer ceux qui n'en rient pas pour faire rire deux fois plus les autres.

*

J'ai envie d'aller faire des échanges culturels aux Antilles. Du style :
– Tu me refiles ton herbe, je t'apprends à compter sur tes doigts.

*

J'attends que ma mère meurt pour faire la grosse plaisanterie qui dégoûtera tout le monde.

*

Je jette le plus vite possible les journaux et les vieux papiers parce que j'ai pas l'intention de vivre longtemps.

*

C'est un réflexe de timidité pour moi de faire le clown.

6

RÉPLIQUES,
ANECDOTES

À l'époque du Café de la Gare, l'acteur Roland Giraud contacte Coluche, qui était chargé de la programmation, et sollicite un rôle. La réponse est positive et l'engagé retourne chez lui. Mais dans la soirée son téléphone sonne. C'est Coluche :

– Giraud ? T'es susceptible ?

– Non.

– Tant mieux ! Bon, j'ai pris un autre mec. Salut.

En pleine nuit, le téléphone sonne à nouveau.

– Giraud, t'es toujours pas susceptible ?

– Non.

– Bon, parce que l'autre mec peut pas le faire. Le rôle est pour toi.

*

Le 24 avril 1978, Coluche prend pour la première fois l'antenne à Europe 1 :
— On m'a volé ma moto. Je vais m'en acheter une autre. Si les voleurs ont une préférence pour la couleur, qu'ils m'écrivent !

*

Nommé « meilleur acteur masculin » pour Tchao Pantin *lors de la cérémonie des césars, Coluche monte sur scène et s'empare du micro :*
— Franchement, je croyais m'emmerder en venant là. Puis je me suis vachement marré, j'ai pas dormi parce que j'étais à côté de Gainsbourg. C'est dommage que les spectateurs étaient pas tous à côté de Gainsbourg.
Et, plus tard :
— Hé ! réveillez les morts ! Bousculez vos voisins, y en a peut-être qui dorment seulement.

*

Absent le 20 juin 1985 à la première audience d'un de ses nombreux procès pour outrage à agent, Coluche apprend plus tard que le substitut l'y a traité de « La Bruyère des vespasiennes ». Réaction de l'outragé :
— Je ne connais pas La Bruyère, et les vespasiennes, quand je suis né, ça n'existait plus. Ça doit être une personne très âgée qu'a dit ça.

*

On demandait à Coluche quelques souvenirs de l'époque du Café de la Gare et s'il en voulait à Romain Bouteille de l'avoir exclu de la troupe :

– S'il ne m'avait pas viré, je n'aurais pas fait de progrès. Donc, j'ai eu deux coups de pot dans ma vie : être découvert par Bouteille et, surtout, être viré par Bouteille.

Toujours à propos du même Bouteille :

– Des comme lui, il n'y avait que lui, ça se comptait sur les doigts du pouce.

*

Un journaliste demande à Coluche son avis sur une célèbre chaîne de restauration :

– Pour manger, c'est pas terrible, mais pour vomir, formidable !

*

Coluche était interrogé sur le métier d'acteur et sur la difficulté de l'exercer :

– Le music-hall, c'est dur, le cinéma ça ne l'est pas ! Ceux qui disent le contraire n'ont pas de mémoire ou n'ont jamais bossé ailleurs parce que c'est carrément pas du travail. Le soir, il faut des fois que je rentre en courant du studio, sans ça, je suis pas crevé pour dormir.

*

Scorpion, Coluche commentait son signe en ces termes :
– La queue en l'air, et la tête en avant... t'as qu'à voir !

*

Réponse à un journaliste qui demandait si Le Pen était selon lui le nouveau « roi des beaufs » :
– Non. Ça serait pas gentil pour les beaufs de dire ça.

*

Coluche entame au début de l'année 81 une grève de la faim. Hospitalisé et feignant de n'absorber que de l'eau, il tend son verre aux visiteurs en disant :
– Bois pas dans mon assiette !
Ou encore :
– Tiens, je veux pas t'empêcher de manger dans mon verre.

*

Invité par une loge maçonnique du Grand Orient de France à discourir sur l'opération des Restos du Cœur, Coluche s'enquiert, pour plaisanter, des conditions nécessaires pour intégrer l'ordre. On lui répond qu'un franc-maçon nouvellement admis doit se taire pendant un an avant d'être autorisé à parler :
– C'est pas un problème, je vais m'inscrire l'année dernière alors !

*

À un journaliste qui lui demandait s'il accepterait d'être le candidat des Faisceaux Nationalistes Européens, Coluche précise :
– Je m'excuse beaucoup, mais en tant que candidat, je suis déjà le candidat des Arabes, et d'autre part, c'est pas parce que je suis le candidat des pédés que j'ai l'intention d'être celui des enculés.

*

À un journaliste curieux de connaître les rêves d'acteur de Coluche, ses désirs, ses ambitions cinématographiques :
– Un film où j'aurais un rôle très court et très bien payé !
Au même, s'intéressant cette fois aux satisfactions apportées à Coluche par le métier d'acteur :
– De l'argent !

*

À des étudiants venus l'écouter, Coluche tient des propos sur l'éducation :
– Les parents disent toujours aux enfants : « Rangez-moi ce désordre ! Allons, remettez un peu d'ordre là-dedans ! », etc. Ils ont, eux, les parents, un tiroir fermé à clef que jamais tu n'ouvres. Un jour tu as la clef et tu regardes... et dedans, c'est un de ces bordels !

*

En avril 79, Coluche est jugé pour outrage à agent.
L'audience est expédiée. Verdict : 3 000 francs d'amende.
Commentaire :
— C'est dans mes prix.

*

Dépité par la timidité des attaques dont il est l'objet sur le
plateau de « Droit de Réponse », Coluche lance :
— Je vous crache au cul au nom de tous les comiques
morts à essayer de vous faire rire.

*

Une journaliste d'un grand quotidien, plutôt hostile au
comique, vient interviewer Coluche. Le ton ne tarde pas à
monter. La journaliste, ulcérée par les propos de Coluche,
qu'elle s'est amusée à provoquer, ne tarde pas à se retrou-
ver dans le couloir. Ayant oublié son sac à main, elle revient
dans la pièce où se trouve Coluche. Celui-ci est en train de
remplir une bouteille d'eau. Téméraire, la journaliste le
relance. Coluche sans hésiter lui jette le contenu de la bou-
teille au visage. Le lendemain, tout le groupe auquel appar-
tient ce journal attaque avec virulence le comique. L'aven-
ture fait rire Coluche, qui réplique :
— Le lendemain, j'ai failli lui envoyer des fleurs avec
un petit mot : « Je vous ai envoyé de l'eau, voilà les
fleurs qui vont avec. »

*

Alors qu'il est en Turquie, dans un sublime paysage (Cappadoce), pour le tournage d'un téléfilm, Coluche imagine un scénario mettant en scène deux acteurs, un Blanc, mince et longiligne, et un Noir, qu'il interpréterait lui-même :
— C'est l'histoire de deux gars qui traversent des immensités désertiques avec une chaise pliante. Ils consultent, de temps à autre, une carte pour savoir où ils vont. Et ils repartent, inlassablement. Ils arrivent finalement au point indiqué sur la carte par une croix, et là, posent la chaise pile à l'endroit. Le Blanc demande alors au Noir de s'asseoir, et au moment où celui-ci s'exécute, retire la chaise.

*

À l'occasion du soixantième anniversaire du PCF, Coluche se fend d'un télégramme à Georges Marchais :
« Suis de tout cœur avec vous – Stop – Ai soufflé 60 bougies sur 60 kilos de caviar – Stop. »

7

AUTRES MOTS

– Qu'est-ce qu'il fait, ton fils ?
– Il est danseur.
– Le mien aussi est pédé.

*

Au cinéma, les salauds sont toujours punis à la fin. À la télé, on voit toujours les mêmes.

*

C'est pas tout de gagner un milliard par an. Encore faut-il savoir le dépenser.

*

De tous ceux qui n'ont rien à dire, les plus agréables sont ceux qui se taisent.

*

Analphabète comme ses pieds.

*

Il y a quelque part une poésie de la bêtise.

*

J'ai appris qu'il fallait cueillir les cerises avec la queue. Je suis embêté, j'avais déjà du mal avec la main !

*

On croit que les rêves sont faits pour être réalisés. C'est le problème des rêves. Les rêves sont faits pour être rêvés.

*

On ne m'enlèvera pas de l'idée que la connerie est une forme d'intelligence.

*

Pour Noël, j'ai commandé une dinde-kangourou. C'est le croisement d'une dinde et d'un kangourou. L'avantage, c'est qu'on peut la farcir de l'extérieur.

*

Proverbe porc :
Ne faites pas aux truies ce que vous ne voudriez pas qu'elles vous fassent.

*

Je voulais vous raconter une histoire de boomerang mais je ne m'en rappelle plus. Enfin, c'est pas grave, ça va me revenir.

*

L'esprit d'équipe ? C'est des mecs qui sont une équipe, y z'ont un esprit ! Alors, ils partagent !

*

L'instabilité est nécessaire pour progresser. Si on reste sur place, on recule.

*

Comment on reconnaît le plus riche des Éthiopiens ? C'est celui qui a la Rolex autour de la taille.

*

Contre la toux, le meilleur remède c'est un bon laxatif. Vous n'oserez plus tousser.

*

C'est pas le tout d'avoir des bagages, encore faut-il savoir où les poser.

*

Dans la vie, y a pas d'grands, y a pas d'petits. La bonne longueur pour les jambes, c'est quand les pieds touchent bien par terre.

*

L'aviation tue plus que la drogue, et en plus, c'est en vente libre. Que fait la police ?

*

Acheter une maison à crédit : c'est le crédit qui est cher, pas la maison. La preuve, c'est que quand on a fini de payer, si on pouvait vendre le crédit, on se ferait plus de pognon qu'en vendant la maison !

*

Le cinéma français vit de ses comédies et récompense ses drames.

*

Les îles désertes, cela n'existe plus, il n'y a plus que la question qui existe.

*

Lourdes vous a rien fait, il vous reste Lisieux pour pleurer !

*

On a mis des croix au-dessus des lits parce que Jésus a été crucifié. T'imagines, s'il avait été noyé ? Tu nous vois avec un bocal au-dessus du lit !

*

Aujourd'hui, c'est un petit verre qu'il te faut, mais demain, tu en fumeras tout un paquet !

*

Le cinéma, j'y vais jamais. Faut pas confondre, mon métier c'est comédien, pas spectateur. On peut pas demander à un fossoyeur d'aimer être mort !

*

Le comble pour un chauve, c'est de pêcher une raie.

*

Ses parents ne l'avaient pas reconnu à la naissance. Ils avaient dit : « Non, c'est pas lui, non. »

*

Le cancer, au prix que ça coûte, on n'est même pas
sûr de mourir guéri.

*

S'il y a quelque chose qui porte bien son nom, c'est
les dramatiques à la télévision. C'est de la télé et
c'est dramatique. Tellement c'est mauvais !

*

Que faire quand vous avez les dents jaunes ? Très
simple : Portez une cravate marron.

*

Il avait les mains sales, on aurait dit des pieds !

*

Il y a des injustices : on s'appuie sur les murs, les
murs ne s'appuient pas sur nous.

*

La boule de neige a fait tache d'huile.

*

Il était communiste et homosexuel. On l'appelait
l' « embrayage ». Parce que c'est la pédale de
gauche.

*

La Laponie, c'est sympa, comme pays. J'ai été
réveillé par la police : « Boum, boum ! Qu'est-ce que
vous faisiez dans la nuit du 27 novembre au
18 avril ? »

*

Savez-vous où on trouve le plus d'Éthiopiens ? En
Éthiopie du Sud, du Nord, de l'Est ou de l'Ouest ? Eh
bien, ça dépend du vent.

*

Se pencher sur son passé, c'est risquer de tomber dans l'oubli.

*

Vous savez pourquoi on trouve encore de la laine vierge ? C'est parce que les moutons courent plus vite que les bergers !

*

Y a-t-il une vie après la mort ? Seulement Jésus pourrait répondre à cette question. Malheureusement il est mort.

*

C'est l'histoire d'un mec... Vous la connaissez... Non ?... Non, dites-le ! quand les gens y la connaissent, on a l'air d'un con... après. Pasque y a des... Non ! par exemple, les histoires... alors, le mec... par exemple. Non, c'est un exemple... Ou alors... par exemple... si vous voulez... des fois... c'est l'histoire d'un mec... comme ça... un mec... un mec... des fois... Mais, là, non ! Non, là, c'est l'histoire d'un mec... mais un mec... pas... non ! Normal, quoi... je veux dire... un Blanc !

*

Catastrophe maritime : Un bateau chargé de Yo-yo a coulé... quarante-sept fois.

*

La navette qui a explosé avec sept hommes dedans : si ç'avait été sept singes, les expériences seraient interdites.

*

Des idées, tout le monde en a. Souvent les mêmes. Ce qu'il faut, c'est savoir s'en servir.

*

Si les chiens se lèchent les testicules, c'est parce qu'eux ils y arrivent.

*

L'irrespect se perd. Heureusement, je suis là pour le rétablir.

*

Dans la main de ma maîtresse, je me dresse; après je rapetisse et je goutte. Qui suis-je? Un parapluie.

*

Dieu, c'est comme le sucre dans le lait chaud. Il est partout et on ne le voit pas. Et plus on le cherche, moins on le trouve.

*

En Normandie, il pleut un petit peu, mais en France, il pleut partout un petit peu. En Normandie, il pleut un petit peu partout.

*

Faut pas croire : en comptant tous les dieux, demi-dieux, quarts de dieux, etc., il y a déjà eu 62 millions de dieux depuis les débuts de l'humanité! Alors, les mecs qui pensent que le leur est le seul bon... Ça craint un max!

*

Si vous ne faites pas aujourd'hui ce que vous avez dans la tête, demain, vous l'aurez dans le cul.

*

Faut pas rire avec les fleurs qu'on met sur les tombes, faut pas rire avec les tombes ! Moi, j'ai trouvé ce que je mettrai sur ma tombe : *Circulez, y a rien à voir... Partir, c'est crever un pneu... Et pis... taf !*

*

Il a obtenu le premier prix à un concours de circonstances.

*

Le plat pourri qui est le mien.

*

Le plus dur, c'est pas d'arriver au sommet, c'est d'y être.

*

– Docteur, j'ai plus de mémoire !
– Payez d'avance.

*

Si vous ne voulez pas être malade, si vous ne voulez pas mourir, le mieux c'est encore de ne pas naître. Avec la capote Nestor, je ne suis pas né, je ne suis pas mort.

*

Tant qu'on fait rire, c'est des plaisanteries. Dès que c'est pas drôle, c'est des insultes.

*

Vol-vacances :
L'hôtesse : – Nous espérons que vous avez été heureux de ce vol.
Coluche : – J'avais bien dit que c'était du vol !

*

Vous avez Calgon. C'est la lessive qui lave l'eau avant de laver le linge, pour le cas où y aurait des cons qui laveraient leur linge à l'eau sale.

*

L'avenir appartient à ceux qui ont le veto.

*

Avec les maisons en préfabriqué, pendant le crédit tu répares c'qui s'écroule, et au bout de quinze ans les ruines sont à toi.

*

Le tennis et le ping-pong, c'est pareil. Sauf qu'au tennis, ils sont debout sur la table.

*

Même pas française, la grippe... espagnole en plus.

*

Si on est touché soi-même par la mort, on a intérêt à
en rire ; et si on n'est pas touché, on n'a pas de raison
de ne pas en rire.

*

Le champignon le plus vénéneux, c'est encore celui
qu'on trouve dans les voitures.

*

Les « chaînes privées »... privées de quoi ?

*

Les dragées Fuca, c'est un peu comme Bison Futé,
c'est pour éliminer les bouchons.

*

Avoir l'air con peut être utile. L'être vraiment s'rait
plus facile.

*

Bon anus et meilleur nœud.

*

Bien mal acquis ne profite qu'après.

*

Il est tout maigre : on dirait deux profils collés.

*

Le suicide, c'est une vengeance personnelle, et moi, personnellement, je ne m'en veux pas.

*

L'intelligence, on croit toujours en avoir assez, vu que c'est avec ça qu'on juge.

*

Dieu sait au fond de lui-même que Jésus-Christ et la caravane passe.

*

Nantes-Nice, match nul : 6-4.

*

Au tiercé, si vous avez joué le 8, le 12 et le 8, vous vous êtes trompé, vous avez joué deux fois le 8.

*

Tout le monde peut pas être sorti de la cuisine à Jupiter.

*

Mais, plus blanc que blanc, qu'est-ce que c'est comme couleur ?

*

Je suis allé trois fois en Normandie, cet été, il a pas neigé une seule fois !

*

Monique, elle est maigre ! Si elle voudrait maigrir encore, il faudrait qu'elle perde un os.

*

Y a pas le feu au lac !

*

Un bateau qui s'en va, ce sont des choses qui arrivent !

*

Pour ceux qui ont fait du latin, le rectum c'est le rectum. Pour les autres, c'est le trou du cul, hein ! Enfin, le cul sert plus que le latin.

*

Drogue dure... Mais non ! C'est pas dur !

*

Mais oui ! On peut opérer sans anesthésie... Avec des boules Quiès !

*

La joie, la peine : souvenons-nous de la joie de notre camarade trapéziste lorsqu'il s'envolait dans les airs, et de la peine qu'on a eue à le ramasser.

*

C'est un Belge qui a battu le record du 100 mètres : il vient de courir 102 mètres.

*

On rencontre un vrai con en Suisse... : c'est un Belge ! Mais, dans l'ensemble, ça valait pas le coup de faire deux pays rien que pour ça.

*

C'est un chanteur israélite, tellement il avait le pantalon moulé : non seulement on lui voyait le sexe, mais aussi on lui voyait la religion.

*

Il était pas franchement louche, mais il était franchement basané.

*

T'arrives dans certains pays, t'as vite fait de manger épicé. Pas en même temps d'accord, mais quand même ! Le lendemain, tu as intérêt à mettre des caleçons bout filtre !

*

Pendant la guerre, il a été blessé au front. Non, pas à la tête, au pied. Moi, j'ai été blessé deux fois. Une fois à l'abdomen, une fois à l'improviste.

*

Camarades morpions, adhérez aux parties !

*

Le plus difficile est de dire en y pensant ce que tout le monde dit sans y penser.

*

Quand on achète tout à crédit, c'est retenu sur la paye. Il y a des mois, on touche tellement peu qu'on ne sait même pas si on a bossé.

*

Si les Français marchandent, c'est pas parce qu'ils sont malins, c'est parce qu'ils n'ont pas de ronds.

*

Deux trains qui se cachent mutuellement s'annulent.

*

Les portes de l'avenir sont ouvertes à ceux qui savent les pousser.

*

Dix-huit morts à Miami. Bonne nouvelle pour les Blancs : les dix-huit morts sont tous noirs.

8

LE QUESTIONNAIRE
DE PROUST

*Réponses données en décembre 1980 par Coluche au fameux
questionnaire de Marcel Proust.*

Le principal trait de mon caractère :
Je suis bavard.

La qualité que je préfère chez un homme :
Les sourcils.

La qualité que je préfère chez une femme :
La forme et le fond.

Ce que j'apprécie le plus chez les amis :
Leur assiduité.

Mon principal défaut :
Je suis bavard.

Mon occupation préférée :
Le cinéma. Pas trop.

Mon rêve de bonheur :
Vacances illimitées avec famille et copains.

Quel serait mon plus grand malheur? :
La mort.

Ce que je voudrais être :
Peinard.

Le pays où je désirerais vivre :
Au soleil.

La couleur que je préfère :
Le jaune.

La fleur que j'aime :
Le coquelicot.

L'oiseau que je préfère :
Le paille-en-queue et l'hirondelle.

Mes auteurs favoris en prose :
Karl Marx.

Mes poètes préférés :
Aucun. Je n'aime pas qu'on « fasse » de la poésie.

Mes héros dans la fiction :
Fanfan la Tulipe.

Mes héroïnes dans la fiction :
Stéphane Audran, Bernadette Lafont et Perette Pradier.

Mes compositeurs préférés :
B 52's, Police et les Pretenders.

Mes peintres favoris :
Schloesser et Clovis Trouille.

Mes héros dans la vie réelle :
Belmondo et Lino Ventura.

Mes héroïnes dans l'histoire :
Toutes celles qui se sont fait couper la tête, on est débarrassé.

Ce que je déteste par-dessus tout :
    Le passé, l'Histoire.

Caractères historiques que je méprise :
    Les militants.

Le fait militaire que j'admire le plus :
    La désertion ou l'armistice.

La réforme que j'estime le plus :
    La réforme des conscrits.

Le don de la nature que je voudrais avoir :
    Voler.

Comment j'aimerais mourir :
    Pas du tout ou très vieux.

État présent de mon esprit :
    Encombré.

Fautes qui m'inspirent le plus d'indulgence :
    Les fautes d'orthographe.

Ma devise :
    J'emmerderai la droite jusqu'à la gauche.

COLUCHE
par
Romain BOUTEILLE

et

COLUCHE... MA COQUELUCHE
par
Frédéric DARD

Coluche

Par Romain Bouteille

Dans le temps, un bon moyen de passer pour un esprit supérieur c'était de mépriser ce que la foule aimait. Mais c'est devenu tellement courant que nous autres, l'Élite, on est presque aussi nombreux que la masse bornée. Alors, voilà : je m'esquinte à faire partie d'une classe sélect, et, quand j'y parviens, voilà qu'elle est à la portée du plus minable lecteur de *L'Express*. Je ne voulais pas faire partie des cadres moyens, mais va savoir où est l'Attitude Originale! J'en suis réduit à trouver bon tout ce que, plus ou moins directement, on me conseille de trouver mauvais. Ça fait un peu versatile, mais tant pis. Mes opinions et moi, nous ne sommes pas mariés. Un seul truc est permanent, dans ma tête : le plaisir des « porte-à-faux-fouteurs de merde ». C'est ce qui me régale chez Coluche. Par exemple, tout homme bien informé sait qu'un CRS c'est mal et qu'un Arabe c'est bien. Donc Coluche fait un CRS-Arabe. Ah! Quelle faute de goût! Agiter le bâton dans des caté-

233

gories aussi commodes et sécurisantes ! Enfoncer les barrières qui séparaient si proprement la notion de militant de celle de militaire, qui empêchaient de nommer les étudiants « futurs cadres au service de l'État », les écoliers « travailleurs sans salaires », les bons artistes « bons commerçants », les journalistes « purs publicitaires » et les flics « des bandes de jeunes », bref, qui nous évitaient d'appeler les choses par leur nom. Mais le pire c'est que la masse y prend goût ! La masse abrutie chourave à notre Élite sa parure de nuances équivoques ! Comme si, nous, on allait se mettre à parler argot !

C'est un peu facile, monsieur Coluche, de foutre la pagaille sans penser un peu à ceux qui n'ont rien d'autre, pour faire leur beurre, que les luttes idéologiques révolutionnaires dans le respect de l'adversaire, de la propriété (privée ou collective) et des bonnes règles hiérarchiques.

(Ce texte, paru dans le programme de Bobino en novembre 1975, est reproduit avec l'aimable autorisation de l'auteur.)

Coluche... ma coqueluche

Par Frédéric Dard

Il faut beaucoup de talent pour faire rire avec des mots. Mais il faut du génie pour amuser avec des points de suspension. Le numéro de Coluche me fait plus ou moins songer à cette cuisine japonaise qu'on est obligé de terminer soi-même sur des petits réchauds disposés sur la table. Car si vous n'y mettez pas du vôtre vous risquerez de ne pas en percevoir toute la saveur...

Coluche arrive au petit trot dans une attitude déjà caricaturale. Il est en couleurs, très important, cela : ses couleurs. L'une des multiples raisons qui font qu'on doit absolument le voir sur scène. Passé au filtre d'une caméra de télévision, arraché à l'espace scénique pour vous être tronçonné à coups de zoom et de gros plans, il perd un peu de son impact. C'est qu'il est fragile, Coluche, comme tout ce qui est infiniment intelligent.

Tout comme le maréchal Joffre qui s'en plaignait, il a les impondérables contre lui et il doit en tenir compte. Ça n'est pas commode d'attraper une salle à bras-le-corps et de l'embarquer sur le fil incertain du délire, malgré ses cris de foire du Trône et ses peurs de soubrette embarquée dans le grand 8. C'est dur de faire bifurquer ce public avide de calembours vers des prolongements hasardeux, de lui lâcher la main un instant pour lui donner la grisante impression qu'il va se casser la gueule, puis de le rattraper in extremis. Coluche campe à gros traits appuyés un personnage, une situation, et il les poursuit en pointillés. Alors le miracle Coluche se produit, le spectateur se sent irrésistiblement entraîné vers des régions capiteuses où l'absurde se pare de cruauté et où l'homme décèle à travers la buée du miroir sa sinistre vérité. Coluche jubile. Coluche cesse de souffler ses énormités sur la glace pour la rendre opaque ; au contraire : il l'essuie en douce, du coude, afin que vous vous voyiez mieux. Il vous brandit à vous-même, somme toute. Bien sûr, il est devenu le numéro 1. Mais cela signifie quoi, être le numéro 1 lorsqu'on possède un style absolument neuf, une tête jamais vue, un génie dont on ignorait encore tout ? Il n'est pas le numéro 1, il est le Premier, comme François Ier fut le premier des rois Valois. On cesse toujours d'être le numéro 1 mais on ne cesse jamais d'avoir été le premier. Les critiques, un peu partout, reprochent à Coluche Ier sa cruauté. Le mot revient fréquemment dans les articles qui lui sont consacrés. On le souhaiterait plus chaud, plus humain. Mais mon Dieu, il n'est que cela, Coluche ; chaud et humain – ô combien ! Impitoyable parce qu'il est triste de la misère du monde, ce sublime gugusse. Impitoyable avec la sottise, la veu-lerie, la faiblesse, mais humain ! Folon aussi est cruel, et Topor, donc ! et Cavanna ? Leur reproche-t-on d'être déshumanisés ? Il faut au contraire avoir un sens très aigu de l'homme pour épingler ses travers d'une façon aussi péremptoire, aussi magistralement cocasse.

Cette année, je suis allé voir à Genève son récital, au Victoria Hall ; la salle était archicomble et frémis-sante d'une excitation peu courante dans cette sage cité. Mon épouse me dit :

– Tu crois qu'il osera raconter son histoire sur les Suisses ?

– Il va commencer par ça, lui répondis-je.

Et, effectivement, Coluche commença par là. Il en rajouta même un peu, me sembla-t-il. Et il fit un triomphe.

Parce qu'il y a des moments d'exception, où des gens d'exception peuvent et doivent tout se permettre. Je sais que, par instants, le public est avide d'énormités. Il en a marre de voir les clowns s'entre-gifler, il veut aussi sa part de claques. Coluche flanque des beignes à tour de bras. Cela le soulage et nous aussi. Il rit rouge derrière ses lunettes, confusément surpris de voir ses coups obtenir tant de succès. Il se grise de notre griserie. S'envole haut, coupe le moteur de son moulin à paroles pour planer avec les grandes ailes de ses mimiques ; se payant le luxe inouï de tenir une salle par l'effet de sa seule présence, oui, simplement en se contentant d'être là et de la regarder au fond des yeux.

Homme-sandwich dont le panneau ne comporterait que des graffiti, cette écriture de la colère et qui sait, et qui prouve, que le portrait le plus fidèle qu'on puisse obtenir d'un homme, c'est encore sa radiographie... ou sa caricature !

(Ce texte, paru dans *France-Soir*, « Un écrivain au spectacle », le 11 décembre 1975, est reproduit avec l'aimable autorisation de l'auteur.)

1978 : Enregistrement public : volume 1 (30 cm RCA MLP 1001).

1978 : Enregistrement public : volume 2 (30 cm RCA MLP 1002).

1978 : Enregistrement public : volume 3 (30 cm RCA MLP 1003).

1978 : Les plus grands succès de Coluche (30 cm RCA MLP 1004).

1978 : Le triomphe de Coluche au Gymnase – enregistrement public (30 cm RCA MLP 2001).

1979 : Les interdits de Coluche (30 cm RCA MLP 1005).

1980 : Mes adieux au music-hall – enregistrement public (30 cm RCA 1006).

1981 : Adieu, me revoilà ! (30 cm RCA MLP 1007).

1982 : Album d'or (30 cm RCA MLP 1008).

1985 : Édition spéciale, volume 1 (30 cm RCA MLP 1009).

1985 : Édition spéciale, volume 2 (30 cm RCA MLP 1010).

1985 : Enfoirés, excusez-nous ! Les blagues de Coluche sur Europe 1 (30 cm RCA MLP 1011).

1986 : MIMI 86 (30 cm E.M.I. – Pathé-Marconi PM 264).

« Le Pistonné » de Claude Berri (1969).

« Laisse aller, c'est une valse » de Georges Lautner (1971).

« L'an 01 » de Jacques Doillon (1971).

« Salut l'artiste » d'Yves Robert. Apparition (1972).

« Elle court, elle court, la banlieue » de Gérard Pirès (1972).

« Sex shop » de Claude Berri (1972).

« Themroc » de Claude Faraldo (1973).

« Le Grand Bazar » de Claude Zidi (1973).

« Les vécés étaient fermés de l'intérieur » de Patrice Leconte (1975).

« L'aile ou la cuisse » de Claude Zidi (1976).

« Vous n'aurez pas l'Alsace et la Lorraine » de Coluche, en collaboration avec Marc Monet (1977).

« Drôles de zèbres » de Guy Lux (1977).

« L'inspecteur la Bavure » de Claude Zidi (1980).

« Signé Furax » de Marc Simenon (1980).

« Le Maître d'école » de Claude Berri (1981).

« Elle voit des nains partout » de Jean-Claude Sussfeld (1981).

« Deux heures moins le quart avant Jésus-Christ » de Jean Yanne (1982).

« Banzaï » de Claude Zidi (1982).

« La Femme de mon pote » de Bertrand Blier (1983).

« Tchao Pantin » de Claude Berri (1983).

« Le Bon Roi Dagobert » de Dino Risi (1984).

« La Vengeance du serpent à plumes » de Gérard Oury (1984).

« Sac de nœuds » de Josiane Balasko (1985).

« Les Rois du gag » de Claude Zidi (1985).

« Le Fou de guerre » (« Scemo di guerra ») de Dino Risi (1985)

RADIO
(Europe 1)

« On n'est pas là pour se faire engueuler » (avril 1978-juin 1980).

« Y en aura pour tout le monde » (juillet 1985-février 1986)

TABLE

REMERCIEMENTS DE L'ÉDITEUR

À Jean Brousse, Jean-Yves Clément et Jérémie Gazeau pour l'aide qu'ils ont apportée dans la réalisation de cet ouvrage.

Aux éditions Michel Lafon pour l'aimable autorisation qu'elles nous ont donnée dans la reproduction de textes de Coluche.

Aux auteurs Cavanna, Romain Bouteille et Frédéric Dard.

À Michèle et Frantz Reiser pour les dessins de Reiser, et aux dessinateurs Cabu, Gébé, Gotlib et Wolinski.

IMPRIMÉ EN FRANCE PAR BRODARD ET TAUPIN
La Flèche (Sarthe).
N° d'imprimeur : 2587 – Dépôt légal Édit. 3813-06/2000
LIBRAIRIE GÉNÉRALE FRANÇAISE - 43, quai de Grenelle - 75015 Paris.
ISBN : 2 - 253 - 14382 - 0

IMPRIMÉ EN FRANCE PAR BRODARD ET TAUPIN
La Flèche (Sarthe).
Dépôt légal Édit. : ... — Impr. ... ...
LIBRAIRIE GÉNÉRALE FRANÇAISE - 6, rue Pierre-Sarrazin - 75006 Paris.
ISBN : 2 - 253 - 14382 - 0